天下文化
BELIEVE IN READING

爆文故事力

3步驟、24公式
打造有效溝通、贏得關注的
非凡表達力

李海峰、曾瀛葶、吳嘉華——編著

目錄

PART 2

講出自己的故事

PART 3

昇華自己的故事

第八章　讓故事有更長的生命力

附　錄

說明

本書是由中國大陸大型影響力社群DISC多位優秀學員的作品集結而成，該社群旨在提升學員表達力，多年來迎合市場需求開設演講、表達、輸出等學習提升課程，並且認證超過五千名DISC授權專業講師和顧問，遍布世界五百強企業。

書中二十四則故事是從DISC社群演講表達課程一百多位學員的作品挑選而出，經過整理、編輯成為我們所見的傑出佳作，學員們藉由這些故事與讀者分享故事的靈感創造、框架搭建、細節打磨等技巧，提煉出二十四個寫作公式，希冀幫助更多人能自信的寫出自己的故事、寫好自己的故事，找到屬於自己的炫目舞臺。

作者群簡介

（依姓名筆畫排序）

小安老思（本名楊從正）

- 學歷：雲南大學電子與通信工程、會計雙碩士
- 經歷：會計師、經濟師、一級註冊建造師、美國培訓認證協會（AACTP）註冊培訓師、TED×YNU 演講者、演講教練
- 獲獎：國際演講協會（Toasmasters）英語演講區冠軍、二〇一八年中國好講師大賽全國金科十強、中央電視臺「希望之星」英語風采大賽「二十年二十人」

李海峰

- 學歷：武漢中南財經政法大學企業管理碩士
- 經歷：人力資源專家；大型影響力社群 DISC 聯合創始人，認證超過五千名

DISC授權專業講師和顧問，遍布世界五百強企業。該社群旨在提升學員表達力，鏈結度極高，備受矚目；「李海峰：DISC人際關係訓練營」音頻課程銷售額超過千萬人民幣

- 著作：《領導力：領導者性格與知人善任》、《DISCOVER自我探索》、《我為什麼看不懂你》、《DISC性格交際學》（合著）
- 獲獎：第六、七、八、九屆當當年度影響力作家

吳嘉華

- 學歷：廣東中山大學管理學學士
- 經歷：中國大陸保險業超級演說家、場景式行銷實戰導師、商業即興培訓師

李燕

- 學歷：北京理工大學高等教育學碩士
- 經歷：心理師、前中國科學院遺傳與發育生物學研究所研究實習員、企業員工

協助方案（EAP）諮詢師

● 著作：《跳躍成長》、《心理熱線實用手冊》（合著）

陳琰

● 學歷：武漢中南財經政法大學金融碩士班

● 經歷：DISC授權講師顧問、曾任職中國郵政儲蓄銀行、中國大陸高級企業培訓師、美國培訓認證協會註冊培訓師

曾瀛葶

● 學歷：廈門大學化學碩士、會計學士；中歐國際工商學院（CEIBS）EMBA

● 經歷：曾任IBM、DELL、Bosch等世界五百強企業銷售總監，DELL大中華區戰略與發展負責人；全球人力資本論壇（ATD）演講人

趙冰

● 學歷：香港大學工商管理（國際課程）碩士
● 經歷：江蘇書式文化發展有限公司總經理、中央人民廣播電臺「經濟之聲」特邀嘉賓
● 著作：《成為講書人》
● 獲獎：第九屆當當年度影響力作家、第六屆培聯／培協全國培訓師推優大賽一等獎

趙俊雅

● 學歷：華南師範大學人力資源管理系畢
● 經歷：DISC+ 表達學院認證表達顧問、經驗萃取師

劉靜

● 學歷：江蘇師範大學漢語言文學系畢

● 經歷：中國大陸中學語文高級教師、英國東尼．博贊認證博贊思維導圖高級管理師（Tony Buzan® Certified Advanced Practitioner, TBCAP）及速讀管理師（Tony Buzan® Certified Speed Reading Practitioner, TBCP）

● 著作：《一路向前》、《設計工作》（皆合著）

顧冬梅

● 學歷：江蘇師範大學學前教育系畢

● 經歷：DISC社群聯合創始人、諮商心理師、中醫健康管理師、蘇州茗醫堂中醫診所負責人

推薦序

認真生活，就是故事

吳家德／NU PASTA總經理、職場作家

不看沒感覺，看了讓我拍案叫絕。

這本《爆文故事力》的每篇文章，讓我讀來愛不釋手，也讚不絕口，關鍵原因有三個。

第一，每篇文章都是用故事呈現，因為故事，引人入勝；第二，文章最後，還教讀者拆解寫故事的公式，更有共鳴；第三，這本書的作者群有十位，等於買一本書，讀了多位作者的心血結晶，非常划算。

用說故事方式寫出來的文字，最能引起讀者喜歡。我過去寫過五本書，每一本的每一篇文章，幾乎都是用故事形式帶出。所以本本暢銷，年年熱賣，應該都是拜「故事」所賜吧！

讓我來說一個生活上的故事，這是我跟一位陌生人聊天的過程。

生活插曲，也是好故事

晚間下班回家的途中，行經新營休息站上洗手間。

當我走出廁所，到洗手檯洗手時，我看到一位清潔員正用抹布擦洗手檯。我見狀便問她：「你們連這個洗手檯也要擦喔？」她回道：「是啊！」

或許是不急著趕路回家，我便和她閒聊起來。我和這位年紀與我相當的清潔員，聊了約十分鐘。

我好奇問她：「怎麼找到這份工作的？」她說是「小兵立大功」。「小兵立大功」是一種報紙上的徵才廣告，過去網路人力銀行尚未普遍之際，很多人會利用報紙上的徵才廣告來找工作。

她說自己是中班人員，也就是工作時間從下午兩點到晚間十點。我好奇的問她，這樣不就無法回家煮飯？她說自己已經離婚，而且小孩在外地念大學，她一個人生活，所以不用煮晚餐。

我問她：「喜歡這份工作嗎？」她說為了溫飽，這是沒辦法的事。她只有國中學歷，也只能做勞力付出的工作。她跟我說，如果人生可以重來，她一定要努力念書。她在做這份清潔工作之前，是在牧場養牛，那份工作做了十多年，也是很辛苦。

但她告訴我，做現在這份工作很棒。我追問原因，她的回答是因為工作很耗體力，常常會累到吃不下飯，再加上常常勞動，所以能夠減肥。她一臉得意的告訴我：「女人就愛瘦，這樣很好。」

這十分鐘的聊天，我問她很多問題，包括清潔內容、輪班事宜、同事相處、主管領導、未來打算等，她都樂意告訴我。

你可能會很好奇，為什麼我能讓一個陌生人對我敞開心胸、閒話家常？我是有方法的。讓我來告訴你吧！

問別人問題時，也要適時揭露自己的資訊。比如，在我開口問她：「你住在新營嗎？」之前，會先告訴她我住在哪裡，藉此讓她知道，這是資訊交換。

再來，我會稱讚她把工作做得很盡心盡力，讓洗手檯乾淨且光亮，接著才會問她是否喜歡這份工作。一般人覺得被稱讚了，總樂意多說些感受。

更重要的是，我不會問她私人問題，比如薪資待遇、家庭背景、年紀學歷等。除非她自己願意說出來，否則我一概不問。但好玩的是，我跟她聊開之後，上述那三個問題，她都主動告訴我了。

告別前，我跟她說我姓吳，期待下次見面，我能叫出她的名字，而她也能稱呼我吳先生。這是我今天有趣的小確幸。

我這將篇文章寫到臉書上，得到很大迴響，有上千個人按讚。為何這個生活插曲會受到讀者歡迎呢？答案就是「故事」。這個故事當然有亮點，比如，這位女清潔員已離婚，孩子在外地求學，所以不用煮飯，所以讀來心酸酸。再者，清潔員有點懊悔自己年少不讀書，如果時光倒流，她一定會好好用功，這個感悟，讓人讀來心有戚戚焉。

不論是「心酸酸」還是「戚戚焉」，這就是故事的共鳴點，也是《爆文故事力》這本書強調的重點。

《爆文故事力》這本好書，值得閱讀。我誠摯推薦。

序言

三個步驟，寫出好故事

李海峰

要把大象放入冰箱，有三個步驟：一，打開冰箱；二，把大象放進去；三，關上冰箱。

要寫出「自己的故事」，有三個步驟：一，閱讀、輸入；二，套用公式、勤做練習；三，提筆開始寫作。

要寫好「自己的故事」，有三個步驟：一，找到故事；二，講出故事；三，昇華故事。

我對於你看完這本書就能寫出、寫好「自己的故事」有著無比自信，因為我們找到一群能寫出好故事的人，並一起完成了這本書。

我找到他們，猶如這本書遇到你。

他們把故事寫好，把經驗提煉成公式，加上精心設計的故事寫作練習題目，透過內部、外部反覆修潤，最終成書，這個結果讓他們成就感滿滿。

你因為想寫出、寫好「自己的故事」，翻開這本書，我有信心你讀完書後會為自己鼓掌。

而對於我來說，要做的事情是讓本書的作者們帶著價值感和使命感去寫作，並透過本書，把這些價值和使命傳遞給翻開書的你。

為了鼓舞他們，我講過兩個我家小朋友的故事。

我和太太育有一對龍鳳胎，哥哥叫希希，妹妹叫郡郡。

希希在學鋼琴，老師對他很好，不僅經常帶他練師徒四手聯彈，還會變魔術逗他玩。有時太太會開玩笑，說他們像父子。

有一次，老師表演魔術後，把一副撲克牌送給希希。我回家看到牌，雖然不知道怎麼變魔術，但想了想，設計了一個小遊戲，希望讓五歲的希希開心。

我讓希希隨手抽一張牌，先給我看，再透過回答我的問題，「猜」出那張牌的花色和數字。

比如，他抽到紅桃十，我會問：「你希望它是紅色還是黑色？」如果他說「紅色」，我就繼續問：「比九大一點點的數字是什麼？」如果他說「黑色」，我就問：「除了黑色，還有什麼顏色？」以此類推，確保最後希希能說出正確的花色和數字。

每次他說出正確答案後，我都會大聲說：「你真厲害！」這個遊戲我們父子倆玩得很開心。

第二天早上，我發現希希在帶妹妹玩這個遊戲。每次引導郡郡回答出正確答案後，希希都會豎起大拇指對她說：「你真厲害！」而郡郡也會一臉得意的大聲回應：「我真厲害！」

我在一旁開心看著他們玩耍，沒想到，希希突然轉身，對我豎起大拇指，大聲說了一句：「讓別人厲害的人最厲害！」

我想，聽完希希的故事，很多人就能理解，為什麼本書的這些作者們在自己寫的故事被很多人肯定後，願意用更多力氣寫好這本書。

我們不滿足於身邊人說我們寫得好，我們想幫助看這本書的你也寫得好！

每個故事，都對人生有助益

接下來，我要分享的是女兒郡郡的故事。

我們家沒有特別的宗教信仰，旅行途中，無論寺廟、道觀或教堂，都會帶小朋友進去。

有一次，我們進入一座寺廟，郡郡聽到身邊的人說要拜一拜菩薩，就好奇的問：「菩薩是誰？」

太太想了想，回答道：「菩薩是幫助別人完成心願的人。」

後來，郡郡跟著我們，一起對著寺廟裡的菩薩許願。我們很好奇，問郡郡許了什麼願望。

郡郡回道：「我的願望是希望所有菩薩身體健康。」

我想成為被女兒祝福的人。

我們都是特別平凡的人。

讀完本書，整個編輯團隊的一致感想是，這本書中的故事給人很強的臨場感和共鳴。從小到大，我們讀的故事、聽的故事，多是名人軼聞、奇人軼事，這本書則不同，在其中，你看到的更多是家長裡短、生活瑣事。

這本書，能幫助你寫出自己的故事、寫好自己的故事，並讓你清楚知道，每個故事或長或短，或驚喜或平淡，都能啟迪別人和自己，對人生有所助益。

最後，感謝出版簡體版的北京大學出版社和出版繁體版的天下文化，我們在好故事裡見。

PART 1
找到自己的故事

第一章

創造故事靈感

01 先放空，才會有靈感

吳嘉華

他散步的時間與創作的程度成正比，
如果將他關在房間裡，他將毫無產出。
梭羅每天至少散步四小時，有時走得更久。

——愛默生[1]

執著於「躲貓貓」的靈感

最近要寫一篇文章，我日思夜想，陷在無感、硬想的狀態裡很長一段時間，還是一點靈感都沒有。索性，我選擇放過自己，換上一身舒適的衣服，選一首平時愛聽的輕音樂，戴上耳機，一個人出門走走。

當自己處於完全放空的狀態時，感官神經彷彿變得敏銳，更容易、更清晰感受著周遭的生活瑣事：社區總幹事的笑容、外送員的焦急、下棋老人家之間的鬥嘴……。平常不會加以留意的一幕幕，都映入眼簾。

我散步回來時，樓下大廳兩個帶著孫子的老人家在聊天，其中一位說：「你孫子好乖、好聽話啊！每次見到我都主動打招呼，真懂事……。」

一開始，我看著那個被誇的小孩，下意識露出慈父般的微笑。但下一瞬間，「聽話」這個詞擊中了我的心。

「聽話的孩子」走自己的路

我曾經也是很多人口中「聽話」、「懂事」的孩子。

從小，我按部就班一步步求學、工作，循規蹈矩的發展，由一開始國營企業的人力資源業務工作，到中外合資企業的總裁助理，多年來勤勤懇懇，每份工作都交出不錯的成績。

在這平淡無奇的生活中，我也從單身一人，到擁有自己的家庭。隨著身分、角色的增加，我逐漸產生「認真規劃人生」的念頭。

其實，我並沒有什麼雄心壯志，但是總有一個聲音在告訴我，「不要在本該奮鬥的年紀選擇安逸」。我希望透過刻意的嘗試和努力，探索自己的人生會不會有更多可能。

二〇一四年八月九日，我的大女兒星星出生了。在她睜開雙眼的瞬間，「責任感」這三個字躍上我心頭，我第一次感受到「爸爸」這個角色應該肩負的責任。用我太太的話來說，女兒出生以後，我好像「長大了」，更願意去分擔家裡的瑣事。

我對於「責任感」這三個字的理解，是不僅要努力賺錢、讓家人過上幸福的生活，還要以身作則，成為子女的榜樣！打個比方，父母就像「原稿」，子女則是「影本」，父母的言行舉止，子女都看在眼裡。我希望隨著女兒的不斷成長，我可以有更多的經歷和她分享，讓她在瞭解我的同時，也願意分享她的想法，讓我瞭解她。

女兒的出生，給了我改變的勇氣。僅有想法是不夠的，必須結合做法，才有意義。終於，二〇一五年九月，我決定跳出自己的舒適圈，第一次開啟我的「不聽話人生」，選擇進入一個很多長輩、朋友不看好的行業——保險業！

「保險業務很難做。」這是我說出想法後，聽到的最多回應。但也是這句話，激發了我心中的不聽話因子，促使我毅然決然踏進保險業。

正因為難，才有做出成績的機會；正因為難，才想拚命出類拔萃；也正因為難，才可以看到自己原來有這麼多意想不到的潛能！

在我看來，面對質疑，反駁、爭論、溝通、解釋都沒有用，最好的辦法，就是用行動證明自己！

我想起父親，他是傳統一家之主，我可以想像他會對我轉入保險業的決定給予多大的質疑和不理解，然而我很清楚，他不是想和我唱反調，只是心裡有很多擔心：擔心我收入不穩定、擔心我工作壓力太大、擔心一歲多的孫女星星過得不好。

為了避免父親焦慮，我沒事先和他討論換工作的事，而是「先斬後奏」，我打算用實際行動獲得他的認可。

也許是因為全心投入，三個月很快就過去了。

幸運的是，在實際投入與受到磨練後，我的成績反映在收入上：三個月的時間，我賺到相當於過去一年的收入。

在那三個月裡，我聽到來自客戶和朋友的最多回饋是：「嘉華，我能感覺到你是認真的，我相信你。」

客戶和朋友的認可、能力的提升、收入的增長，讓我鼓足勇氣，同時也生出了自信。

在一頓平常的晚餐中，我對爸爸說出那句看似很輕鬆的話：「爸，我換工作了，去做保險業務員了。」

當時，爸爸既震驚、又氣憤——震驚於我的大膽，氣憤於我的自作主張。然而，又過了兩個月，在二〇一六年眾多親友在場的春節聚會，我很驚喜的聽到爸爸對他的好朋友說：「現在嘉華在做保險業務員，有需要可以找他。」

簡單的一句話，讓我異常感動，我知道，爸爸終於認可我的選擇。

每段經歷，都是累積

在保險業工作的這幾年，我最大的收穫是學會了反思、學會了總結，還有學會了思考。

在國營企業的工作經歷，教會我做事的底線和原則；在中外合資企業的工作經歷，教會我高效的「To Do List」（安排與執行）；而現在保險業的工作經歷，更多的是教會我融合過去的經驗，在實際執行中結合運用，並進一步提升。

五年的時間，從零開始。從一開始毫無基礎，到連續三年成為全球百萬圓桌會議會員[2]；從普通的企業內勤人員，到全國保險業演講大賽的超級演說家；從拿不出視覺化作品，到聯合研發全國首創保險業視覺化展業工具「翼展業」；從一個人，到團隊隊長，再到負責人，最終創辦了保險業成交賦能平臺「博明社」。我努力將每一次反覆推敲運算的結果做為下一次反覆推敲運算的起點，一步一步，穩紮穩打的走到今天。

五年過去了，別人眼中我的變化，可能是直接可見的收入改變，但是對我來說，最重要的變化，是能自信的感受到自己的成長——一種經過不斷沉澱、厚積薄發式的成長。

最初，我覺得自己只是一個「輔助」角色，現在，我能夠正確認識自己的能力與價值，也具備「帶頭」的能力，帶動其他有能力的朋友一起去做一番事業，種種轉變，讓我感慨萬千。這些透過親身實踐得到的經驗和教訓，給了我很多可以和女兒分享的故事，也給了我繼續跳躍式成長的勇氣和自信。

回首這五年，我是真的「不聽話」嗎？不，其實我還是那個聽話的吳嘉華，只不過，如今的我更聽從自己內心的話。

放空，靈感自然閃現

看完這個故事，你還記得當初那個苦苦尋找寫作靈感、日思夜想卻無從下筆的我嗎？正如你所見，放空自己後，思路打開了，自然能夠寫出一篇富有真情實感的文章。

回想創作靈感從無到有的整個過程，放空，對於我來說最關鍵的意義是讓我放下手機，把關注焦點放到日常生活中，感受身邊的點滴小事，因此獲得更多意外而來的靈感。這種狀態，可以幫助我更流暢的寫作，也可以幫助我在發展事業的道路上愈來愈得心應手。

附注

1 Ralph Waldo Emerson，美國思想家、文學家，美國文化精神代表人物。這段話引自他對《湖濱散記》（*Walden*）作者亨利・大衛・梭羅（Henry David Thoreau）的評價。

2 The Million Dollar Round Table（MDRT），全球壽險精英的最高盛會，入會須符合指定佣金業績。

故事力公式 1

沒有靈感時，先放空自己

沒靈感

想做某事（寫作／策劃／專案等），沒有靈感，想要尋求靈感

↓

放空

什麼也不想，按自己喜歡的方式放空自己

↓

觀察

體驗生活，用心觀察，並寫下觀察到的人事物

↓

聯想

找到共鳴，誘發聯想，並記錄下自己的共鳴和聯想

↓

受到啟發

描寫自己受到啟發，獲得靈感，文末要回到文章開頭講述的故事，緊密扣題

寫下你的故事

套用前文的公式，寫一篇自己放空之後靈感迸發的故事。

02 持續輸入，才能產出好故事

吳嘉華

人找書是很難的，但是書找書是很容易的，你愈讀書愈知道讀什麼書，書會帶著你去讀書。

——白岩松[3]

想「輸出」，先「輸入」

我並不是常常看書的人，但總有那麼一些瞬間，覺得自己需要「充電」，想挑一本書來看。有一天，我隨手打開了之前一直沒空看的書——《成功創意，不請自來》（*Improv Wisdom*），翻閱了幾章，不期然映入眼簾的一段話，給我帶來了靈感。

喜歡說 Yes 的人生活充滿了冒險，喜歡說 No 的人安於現狀。

——凱斯．強史東[4]

曾經，我是一個只會說「Yes」的人。

因為這個習慣，身邊的人都覺得我平易近人、善解人意、很好相處，我因此獲得不錯的人緣。但久而久之，因為這個習慣，我背上沉重的心理包袱：很多時間用來幫助別人，自己可以自由支配的時間被大幅壓縮；同時，因為過於謙讓，我錯失一些本來應該屬於自己的機會。

我開始反思，一直說「Yes」真的好嗎？會不會看似獲得了好人緣，卻迷失了自己？

終於，我決定改變自己——大膽的說「No」！

一開始，這樣的改變確實讓我感覺輕鬆很多，也拿回不少屬於自己的時間。

但是，凡事都有兩面性，這樣的改變，好像並沒有讓我獲得預想中的所有好處，反倒因為太常說「No」，錯失一些本來可以抓住的機會。

到底為什麼會出現這樣的結果呢？

前文提到凱斯．強史東的那段話：「喜歡說 Yes 的人生活充滿了冒險，喜歡說 No 的人安於現狀。」給了答案。「Yes」並非不好，「No」也並非無害，關鍵是將它們用在什麼地方。如果將「Yes」用於討好他人，將「No」用於拒絕挑戰，必然適得其反。

於是，我再次調整自己的想法，做回「Yes Man」，只不過以前說「Yes」是為了不得罪他人，現在說「Yes」，是為了挑戰自己。方向對了，「Yes」才可以為我們帶來更多可能！

向挑戰勇敢說 Yes

二〇一九年七月，我接到浙江電視臺全國首場保險業演講大賽「保險業超級演說家」的參賽邀請，心裡既興奮，又不安。

興奮，是因為自己得到認可，能夠獲得參賽邀請；不安，是源於自信不足，因為過去完全沒有經驗。

面對這一讓人猶豫、糾結的事情，我深知，如果應邀參賽，對我來說絕對是難得的歷練；但另一方面，對於從來沒有公開演講經驗的我來說，萬一出醜了，會留下難以消弭的挫折。

有一種「Yes」，源於已準備就緒；還有一種「Yes」，是因為還沒準備好！來回思考三天後，我想起進入保險業的初心：挑戰自我，成就更好的自己。雖然還沒準備好，但是透過參賽，能認識更多比自己優秀的人，讓自己成長得更快，這才是關鍵。我不該因為「沒有經驗」這一小小的不確定而放棄，所以，我最終決定受邀參賽。

因為這個充滿挑戰的「Yes」，經過一個月的影片海選，我一路過關斬將，陸續進入全國一百強、三十強，最終順利躋身全國總決賽，獲得到浙江電視臺現場錄影的機會。

雖然說之前有授課的經驗，但是對於公開演講，我絕對是個門外漢。為此，出發前往杭州錄製的前一週，我決定努力進修這方面的知識。先找資料、找影片、確定主題、列演講大綱、寫初稿，再反覆修改、修潤……。因為白天有不能耽誤的日常工作，準備比賽只能利用每天晚上的時間進行，時間緊迫，壓力很大，但我感覺整個過程很充實，不僅是「累並快樂著」，甚至是「興奮著」。

之所以興奮，是因為準備的過程中，我接觸到很多自己原本不懂、不知道的知識，比如，一個好故事如何透過有效鋪陳，讓聽眾和讀者產生共鳴？怎樣的表達方式更能讓聽眾和讀者有臨場感？如何在最短的時間裡讓聽眾和讀者明白表達者所要表達的內容？……這些知識的獲得，讓我發現自己對口語表達的濃厚興趣，以及將溝通表達結合日常工作需求加以實踐的天分。

與此同時，我的心態也隨著備賽的深入發生微妙變化，由一開始的「憂心忡忡」、「顧慮重重」，慢慢轉變為「躍躍欲試」、「摩拳擦掌」的期待站在舞臺上表現自己！

比賽的時間日益接近，全國三十強選手提前一天抵達杭州，進行正式上場前的最後一次集訓。在這次集訓中，我與其他決賽選手第一次見面。

這次集訓由浙江電視臺兩位專業主播親自負責，除了傳授表達技巧，出乎意料的是，兩位主播還傳授我們關於穿著、走位的技巧，以及在電視臺進行錄影的臨場技巧。

比如，每個節目的參與人員都會拿到根據舞臺風格設計的電視臺通行工作證，透過工作證，可以瞭解對應舞臺的主色調，避免登臺服裝與舞臺背景撞色的情況；又比如，因為是電視節目錄影，應盡量避免穿格紋或條紋衣服，以免節目播出時視覺效果不佳。這些都是很實用的實戰技巧，也是之前我在網路上找不到的知識——不，與其說找不到，更準確的說，是我根本想不到要去瞭解這方面的知識。

很多時候，讓自己勇敢「跳出來」，才有機會突破自己原有的認知，瞭解自己不知道什麼，而這些「不知道」，往往是推動自己成長的關鍵！

一整天集訓結束之後，雖然沒和其他參賽者進行很多交流和互動，但光是觀察他們的氣質、談吐、整體樣貌，已刷新我對這個行業的認知。我不僅看到當下優秀保險人的樣子，更看到新時代保險人應該有的樣子——自信、專業、多元、有想法。

以前，我有時會覺得自己的想法過於天馬行空，可能是保險業的「另類」，透過這次活動我感覺找到「同類」，很慶幸自己面對邀請時大膽說「Yes」！

成為更好的「Yes Man」

期待已久的決賽日到了。

「下一位，二十五號選手，吳嘉華！」主持人的話音剛落，我便從導播手上接過麥克風，大步走上屬於我的決賽舞臺。

「大家好，我是吳嘉華，一名出生於一九八七年的廣州男性。現在，我是兩個小孩的爸爸，大女兒叫星星，小兒子叫小太陽，認識他們的人，都稱我為『宇宙爸爸』……。」不慌不忙的，我站在舞臺上，開啟人生第一次真正意義上的公開演講。

演講完，走下舞臺的那一刻，我的第一個感覺不是如釋重負，而是激動，激動於我終於發現，原來自己這麼享受舞臺！那一刻，我知道自己又多了一個可以努力前進、堅持探索的方向。

最終，我的演講獲得全國第七名，並榮獲「超級演說家」稱號。雖然排名不盡如人意，但對我來說，過程足夠「完美」——還有什麼比找到自己的興趣和方向更重要呢？

接受每一個想接受的挑戰，並且不畏懼迎接不斷出現的新挑戰，從此成為我的人生信念。正是這些源源不斷的挑戰，讓我前進的方向逐步清晰，讓我不再迷惘與徬徨。

受益於這次比賽，我真正找到自己的事業定位——跨界新思維保險人，也因此得到後期創作出保險業視覺化展業工具「翼展業」的契機。

回顧這段成長歷程，結合《成功創意，不請自來》這本書的核心理論——「Yes And」，我發現讓自己不斷突破和提升的關鍵，除了充滿挑戰的「Yes」，還有促使自身前進與行動的「And」。

「Yes」，讓我學會接納與直接面對挑戰；而「And」，觸發了我的行動力與創新力！

也許，這就是「Yes And」所蘊藏的智慧吧！

Let's Yes And，突破自己，擁抱挑戰，成為更好的「Yes Man」！

看完我的故事，你是不是也有一點驚訝？這麼多感想與行動，竟然全部來自日常閱讀中偶然看到的一句話。

其實，每個人身上都有無數專屬於自己的故事，所謂「不會講故事」，只是缺乏刺激和觸發。

找不到想寫的內容時，先去閱讀吧！也許就與好故事不期而遇了。

附注

3 中國大陸作家、記者、知名主持人。

4 Keith Johnstone，英國戲劇教育家、編劇、演員、導演，即興戲劇先驅。

故事力公式 2

大量輸入，觸發靈感

沒靈感

想做某事（寫作／策劃／專案等），沒有靈感，想要尋求靈感

↓

輸入／吸收

按自己喜歡的方式吸收新素材

↓

用心感受，回顧成長

列舉學習成長的經驗

↓

找到關鍵，誘發思考

寫出成長原因

↓

受到啟發

描寫自己受到啟發，獲得靈感，文末要回到文章開頭講述的故事，緊密扣題

寫下你的故事

套用前文的公式，寫一篇自己如何透過持續閱讀輸入，終於找到可書寫成文的故事。

03 全盤思考，把事件寫成故事

曾瀛葶

人們認為數學很複雜。其實數學還算簡單，至少我們能夠理解。貓才複雜。

——約翰・康威[5]

管理新世代的難題

多年來，我在世界五百強企業中管理團隊，受益於世界頂級管理理念的薰陶，可以稱得上訓練有素，在管理工作中得心應手。

不過，前幾年，我有一段時間非常困惑。

那時我剛接手一個銷售部門的管理工作，部門人員的組成比較複雜，有五十幾歲，有三、四十歲，甚至二十出頭，這些員工，有的已經工作了十幾年、幾十年，有些才剛剛進入職場。為什麼年齡差異如此之大？這樣的編制是想帶來新的知識和視角，應對愈來愈年輕化的市場，但隨之而來的，是新生代員工帶來的新問題相當具挑戰性，且沒有理論和經驗可以借鑑。

我自以為夠時尚、夠開放，不僅生活中常用年輕人的流行語，還熟知網路時事哏和當紅藝人，與「新新人類」之間不會有任何代溝，卻沒想到，接手這個部門的管理工作沒多久，我就遇到一個令我「大無言」事件。

那天，公司人資部召開一場很嚴肅的會議，要我配合調查並回應我部門一名員工的行為。我一頭霧水的聽了半天，才瞭解事情的前因後果。

原來，這個部門內最年輕的員工向公司人資主管提出申訴，認為公司侵犯她的利益，要求給予補償。到底公司如何侵犯其利益呢？有以下三點：

1 她在休假期間仍然不得不處理郵件和電話，公司必須支付報酬。

2 她某次出差的差旅費沒有獲准報銷，要求補報銷。

3 公司在例行審查中發現，她在報銷市場活動支出時，提供不實客戶資訊，嚴重違反公司規定，但她認為自己只是小小違規，以後改正即可，不認同公司的懲戒處分，並拒絕收受公司的懲戒通知書。

面對以上三個「申訴」，我覺得匪夷所思。我們公司是頂級外商公司，入職門檻非常高，我工作這麼多年，還從來沒碰過這樣的人和事，她提出的每個申訴，在我看來都是強詞奪理。

我一邊在心裡暗罵荒謬，一邊提供人資部相關資料，說明實際情況。

1 在她休假期間，公司並沒有分派她任何工作，她所謂的「不得不工作」，是做為銷售人員接聽了客戶電話。公司不曾要求員工在休假期間仍須立即處理所有工作，而且每個人休假期間都有職務代理人幫忙處理工作，是她自己主動處理了客戶事務。

2 她的出差費用未被核准報銷，是因為那次出差在申請時就已經被駁回。

按照公司規定，出差計畫必須經過核准方可執行，她在申請被駁回的情況下，仍然自行安排「出差」，且在事後堅持認為自己的出差符合規定，公司應該報銷。

3 彙報支出時提供不實資訊的情節和此事暴露的誠信問題非常嚴重，按規定需要由公司人資部門依據法律和公司規章處理，業務部門沒有任何管理過失和缺漏。

除了上述三個被她當成「申訴理由」的事件，她的直屬主管還補充意見，其實她的不配合在工作中早有端倪，比如，主管讓她按照規定提交客戶拜訪紀錄時，她百般推託，甚至直接在部門例會上言辭激烈的質疑這樣的管理是公司對員工不信任，讓當時與會的主管和同事都下不了臺。

為什麼會這樣呢？難道接到工作後，首先想的不應該是怎樣才能把工作做完、做好嗎？為什麼會費盡心思跟公司對立呢？

對於怎麼啟發新生代員工的積極性，讓他們願做、會做、做好，這一個問題我真是頭痛極了。

那段時間，我為此請教過很多人，也翻閱很多有關領導力的書籍，但鮮有管理新生代員工的有效方法。於是，我只好在分派工作時，用更多時間講清楚為什麼要完成這個工作，希望幫助員工理解工作意義，推動他們去積極執行，但效果微乎其微。

一代不如一代？新一代的員工不能用？我不願意貼上這樣的標籤，也認為自己不該抱持這樣的偏見。秉持著「凡事從自己身上找原因」的原則，我冥思苦想，一有時間就更廣泛的閱讀與領導力有關的書，思考問題到底出在哪？該怎麼解決？

校長教我的一課

在苦思解決困境的方法時，發生一件給了我很大啟發的事情。有一天，我陪女兒參加一個國外夏令營的面試。升上國中後，她被功課和考試壓得喘不過氣，雖然迫於老師和家長的威嚴，她能按時完成功課，但品質不一定好，完成功課的過程中，各種抱怨也愈來愈多，我覺得那個可愛又陽光的女孩快找不到了，所以特別安排夏令營，讓她休息一下，調整心情和狀態。

國外夏令營的面試過程中，我聽到校長問女兒：「你長大想做什麼呢？」

女兒完全不按牌理出牌，避開了「科學家」、「醫生」這類答案，回答道：「我想做攝影師、設計師，或諮商心理師。」

校長聽到答案之後，沒有表現出絲毫詫異，而是超級有耐心的和孩子進行交流、探討，花了很長的時間，循序漸進的引導孩子，一起尋找這三個職業理想的共同點，最後他們達成共識，原來女兒喜歡做的事情，可以籠統對應於新媒體專業。

有了這個大方向，接下來要做的事情就簡單多了，校長帶著孩子查閱開設新媒體專業課程的名校目錄，以及申請名校需要的條件，並鼓勵孩子針對這些條件制定詳細的行動計畫。

行動計畫制定好後，我仔細一看，她所列的計畫就是她以前抱怨的事，包括背單字、讀課外書、寫測驗卷、早睡早起、規律運動……。

但因為這些計畫是女兒自己制定的，這次她的狀態和制定計畫前截然不同，顯然已經摩拳擦掌，準備好好努力了！

這讓我太驚訝了，有點反應不過來，想著她怎麼就突然從「他律」變成「自律」了呢？

校長看出了我的疑惑，笑著告訴我，其實之前的問題在於孩子沒有目標感，只是在「被迫」努力，所以缺乏真正的動力，現在，自己有了目標，自然會動力滿滿去尋找完成目標的方法。

目標感！

原來，這就是我苦苦尋找的答案。

我藉著這兩件事帶來的啟發，進行系統性的全盤思考後，終於徹底明白，目標感能催生激勵作用和奉獻精神，而這兩者，能幫助人們長期自律和持續行動。要是某些行為指標沒能帶來目標感，例如員工的各項KPI[6]或孩子的各項學習考核，自然無法達到理想的成果。

全盤思考，寫下新故事

答案找到了，我開始優化自己的管理方法，其中之一是少講道理，並且不再強調職業素養，取而代之的是講故事，在不同場合中講不同的故事。

例如，在每場幾十個人的新進員工培訓中，我會用故事渲染、培養資訊科技從業者的使命感——不是將機器賣給客戶，進入冰冷的機房，而是創造看得見、摸得到的生活便利性，用科技改變生活，包括網路預約、自動駕駛、線上課程的發展與普及等。

又如，在每場十幾個人的領導力沙龍中，我會講夏令營校長輔導孩子的故事，用實際案例幫助大家理解新生代員工的不同，分享我深有體會的激發他們目標感的重要性。

我開始不為了領導而領導，不為了講故事而講故事，在我口中，每個實例都有其作用，每個故事都有其主旨。

漸漸的，我的努力終於得到成效，我所帶領的部門，員工積極度愈來愈高，團隊氛圍愈來愈好。

學會全盤思考，我們的經歷才能成為故事，我們的故事，才能成為引導我們前行的力量！

附注

5 John Conway，英國數學家。

6 Key Performance Indicator，關鍵績效指標，用於幫助個人或團隊有效實現關鍵業務目標的量化指標，強調事先制定任務，以達標為最終目的。

故事力公式 3

全盤思考，把事件寫成故事

遇到問題

寫出在生活或工作中遇到的難題／困境／阻礙

↓

全盤思考

經過反覆思考發現問題的癥結／陷入困境的原因／發展障礙之所在

↓

找到解方

列舉事例，寫出持續努力，終於找到解決問題的關鍵

↓

歸納整理

將思考所得進行歸納，寫出醒悟／解決方法／經驗教訓，整理形成故事／案例，文末要回到文章開頭講述的故事，緊密扣題

寫下你的故事

套用前文的公式，寫一篇自己透過檢討而得到啟發的故事。

第二章

捕捉故事元素

04 小事也值得關注

吳嘉華

我們溝通得多好，不是取決於我們敘述得有多好，而是被瞭解得有多好。

——葛洛夫[7]

孝順兒子的震撼

出生於一九八七年的我，已婚，育有兩個孩子，正在體驗很多三、四十歲的人都有共鳴的「上有老，下有小，為生活而奔跑」。

因為事業正處於上升期，我和很多同齡人一樣，很努力的平衡著工作和生活，也難免遇到平衡不好的情況。前兩年，因為工作性質的關係，我經常需要前往全國各地出差，進行授課和分享，即使不出差也非常忙碌，經常無法回家吃晚飯，久而久之，在家的時間愈來愈少，跟家人互動的時間也愈來愈少。

幸運的是，我的父母還算年輕且願意幫忙，週一到週五，我們夫妻倆都比較忙的時候，他們會住在我家，幫我帶小孩，到了週末，他們再回到自己家，給我們這個小家庭獨處的時間和空間……。日復一日，這好像成了我們家約定俗成的「運作模式」。

說到這裡，大家是不是覺得我想強調自己因為工作太忙而沒時間陪家人，並對這種無法陪伴和忽視表示懊惱？其實不是，單就「陪伴」來說，我對自己還算滿意，不管平時多忙，週末我通常不安排工作，會空出時間陪家人。

之所以會這麼做，歸功於我年少時，爸爸的「以身作則」。在我最需要陪伴的童年時代，爸爸的工作也很忙，工作日也經常不回家吃晚飯，但他從未缺席我的成長，一到週末，他就會千方百計的安排時間帶我出去玩。

因此，和身邊人相比，我的家庭觀念非常深，到了週末，會找各種機會和家人聚在一起。我知道爸爸最喜歡吃美食，所以週末晚上我經常帶著家人到處

「覓食」，開心一下。

久而久之，在外人看來，我算是孝順的兒子，我自己也一直這樣認為。

直到有一天，爸爸忍無可忍的打了一通電話給我，言語中盡是他對我的失望，我才意識到自己有些地方做得不夠好。

重新理解父母

我記得那是尋常日子的下午三點，爸爸突然打電話給我，嚇了我一跳。他很少打電話給我，就算偶爾有事情，也大多用訊息聯繫，現在是發生什麼不得了的事情嗎？

詫異的我立刻接起電話。本以為電話那頭會立刻傳來急急忙忙的聲音，告訴我發生什麼急事，沒想到，電話那頭先停頓了幾秒，然後傳來爸爸用少有的嚴肅語氣一字一句的說：「嘉華，其實，我對你很失望。」

聽到這個開場白，我當場瞪大眼睛。要知道，這是爸爸第一次對我說這麼重的話！究竟發生了什麼事？

我還沒反應，爸爸接著說：「我感覺，現在你完全不尊重我，要去哪裡、要做什麼決定，都不會跟我商量，而且，你奶奶現在九十多歲了，你也不常去看看她……」

聽著爸爸絮絮叨叨說了一通，我恍然大悟，明白了這通電話的導火線——昨天晚上我打了一通電話給他，開口就說：「爸，這個週末我帶兩個小孩回汕頭玩兩天。」

在電話裡，我沒有說突然決定回汕頭的原因，也沒有說具體計畫，在他聽來，很可能覺得我只是在「通知」他，這種口吻讓他覺得不舒服。

雖然馬上明白爸爸對我說重話的前因後果，但對於他這樣說我，當下的我滿肚子委屈，忍不住立刻回嘴：「回汕頭不是每年都會規劃的行程嗎（孩子的外婆家在汕頭）？我以為你知道啊！平時，工作日下午，只要我有時間就會去探望奶奶，見面的次數並不少，只是沒有每次都跟你說，不信的話，你可以去問奶奶……。」

我連珠炮般解釋了半天，大概意思可以總結為兩點，一個是「我以為你知道」，另一個是「我以為我不用講」。

爸爸靜靜聽我說完後，沒有說半句話就把電話掛了。這件事無疾而終，我想再開口，卻很難找到適合的契機，就那樣被懸在半空中。

幾天後，等我冷靜下來回想這件事時，突然發現，這不就是現在很多子女的普遍行為模式嗎？

看似很理解父母，卻從未真正關注什麼是他們喜歡的、想要的、需要的，只是悶頭按照我們的方式來安排一切，並在潛意識裡勾劃著他們對我們滿意、認可的樣子，甚至為此沾沾自喜。

以我爸爸為例，他是典型一家之主型的男人，生活中很多事都是他說了算，所以在前文提到的那件事上，他感到失望不是因為不理解我帶孩子去汕頭，而是我沒有在做決定前徵詢他的意見，就直接給他「答案」，讓他覺得「沒有存在感」，感覺「不被尊重」。

想清楚這一點之後，在後續的互動中，就算我知道爸爸一定理解、同意我的做法，我也會先用徵詢意見的口吻問他：「你覺得呢？你認為可以嗎？」他覺得被尊重了，一切就都好辦了。

網路上說，有一種冷，叫媽媽覺得你冷。我要再多加上一句：有一種知道，叫我覺得爸爸知道。其實，很多家庭問題都源於「自以為」、源於「我覺得」。只要多一點關注，就會發現看似親近的人身上，還有很多我們所「不知道」的事情。

以「關注」取代「以為」

知名主持人撒貝寧說過這樣一句話：「如若可以，每個人都喜歡以自己的方式過一生。」

我們年少時，渴求掙脫父母的束縛，證明自己可以；父母年紀大了，轉而渴望子女尊重他們的意見，證明自己還有用。

兩代人，需要互相尊重和成全。

對父母真正的「關注」，是我們明確知道他們喜歡什麼、想要什麼，並用他們能夠接受的方式，讓他們知道我們做了些什麼、為什麼要這樣做，而不是單純的「以為」，我做了，不用說，他們就應該理解、應該滿意。

如果只是「我以為」，很容易陷入「自嗨」，甚至讓雙方都覺得委屈。

多一點「關注」吧！值得你關注的人、事、物，其實一直在那裡。

附注

7 Andrew Grove，英特爾（Intel）前執行長。

故事力公式 4

關注生活，找到容易引發共鳴的經驗

聚焦問題，整理細節

聚焦生活中讓自己百思不得其解和朋友／父母／同事等的溝通問題，整理溝通細節

↓

切入事件

敘述具體事件，從人／事／物找對切入點

↓

進行思考

從普遍的經驗帶出思考，發現值得思考的要點

↓

受到啟發

描寫自己受到啟發，獲得醒悟，文末要回到文章開頭講述的故事，緊密扣題

寫下你的故事

套用前文的公式，寫一篇自己因為某件小事，突然意識到身邊人／事／物的重要性的故事。

05 情感其實最好發揮

趙俊雅

愛把我們平淡的日子變成節日，
把我們黯淡的生活照亮了，
使它的顏色變得鮮明，
使它的味道從一杯清淡的果汁變成濃烈的美酒。

——王小波[8]

愛情的功課

我曾聽說，人的一生會遇到近三千萬人，有的人是生命中的過客，只會與你擦肩而過；而有的人是命運的安排，或許會為你上一課，或許會陪你走一段路，又或許是命中注定陪伴你一生的人。

「你還是一點都沒變，看來，我們是真的不適合啊。」

時至今日，這句話依然會時不時在我心裡迴響，而如今更加成熟與強大的我，終於能夠對幫我上了一課的鄭先生說：「謝謝你教會了我，在愛情中，什麼才是『適合』。」

難忘的初戀

大學畢業後，我便進入職場。當時，公司裡有許多三十歲左右的女同事，她們容貌姣好，狀態極佳，優雅的享受著單身生活。

說實在的，當時的我無法理解，想著她們都三十歲了，怎麼還不談戀愛、不結婚呢？她們不著急嗎？我都替她們著急！

那一年，我二十二歲。

二十二歲的我遇到了鄭先生，開啟一段甜蜜的初戀。

可惜，好景不長，戀愛談了沒多久，某天，鄭先生突然向我提出分手，理由很充分：「我們不適合。我無辣不歡，你從不吃辣；我的食量很大，你每餐吃的很少；我喜歡看外國電影，你喜歡看國產影劇；我喜歡運動，你喜歡靜靜的待著……。就算我們繼續在一起，也不會長久。」

老實說，當時我有點無法接受，但在下一刻，我覺得鄭先生比我更成熟，他似乎比我看得更長遠，考慮得更周詳。

因此，雖然我心中的愛還在，但還是同意他的分手要求。

可笑的是，一週後，鄭先生居然打電話來要求復合！理由同樣看似充分：「我問了兩位朋友，他們都說你是難得的好女孩，叫我好好珍惜，不應該分手。所以，我覺得我們還是應該在一起。」

聽完，我苦笑了一下，訝異極了。只是因為別人的一句「她是難得的好女孩」，他就想復合？對他來說，別人的評價比自己的想法還重要嗎？他的愛情這樣隨意嗎？

出於驕傲，即使那時的我依然愛著他，我還是咬著牙，冷冷的拒絕了——

我不想那樣輕易的答應復合，被他看不起！

「再次」分手後，看似很平靜的我，卻在三年多的時間裡一直無法釋懷。我時常在夜裡獨自流淚，反覆問自己：「我到底哪裡做得不夠好？他真的就只是因為生活習慣和愛好不一樣而和我分手嗎？如果當初復合了，我再努力一下，會不會有更好的結果呢？……」

不斷的回想、懷疑、懊惱、否定，讓我這三年過得很煎熬。

誰也沒想到，三年之後，我居然在朋友的婚禮上再一次見到了鄭先生。巧的是，我依舊單身，而他也單身前來。更巧的是，我們居然被有心的新人安排在同一桌用餐！

回想當時，表面堅強的我其實無心在喜宴上，內心更多的是矛盾和不安，情不自禁的想著：現在的我們適合嗎？我們會復合嗎？如果他來找我，再次請求復合，我要答應他嗎？

正當我在心裡反覆排演應對臺詞的時候，鄭先生突然來到我身邊，說了這樣一段話：「你還是一點都沒變，還是那麼安靜，吃得那麼少……；我也還是喜歡和朋友一起吃飯、聊天，大家熱熱鬧鬧的大快朵頤……。看來，我們是真的不適合啊。」

就在那一刻，我聽到心裡某處傳來類似玻璃破碎的聲音，陣陣刺痛從內心深處蔓延開來。三年間，無數次回憶的戀愛片段、內心的糾結、分手後的痛苦，種種畫面，在我腦海中一幕一幕閃過。我放空了，喜宴後半場幾乎沒有再去關注鄭先生的動態。

許久，我的身體才慢慢放鬆下來，視線也逐漸變得清晰。我想，應該就是那一刻，我終於放下了。

認清愛情的意義

回過頭看，這段感情中讓我始終放不下的，並非鄭先生，而是認真對待感情的自己。

我認真的對待感情，把對方當未來丈夫一樣看待，可對方不是這樣，朋友的一句話就能讓他決定我們是合還是分。

我認真對待感情，凡事都去尋找對方的優點，反思自己的不足，縮小彼此的差異，可對方不是這樣，他只會關注彼此的差異，從不思考如何解決問題，輕易的選擇放棄。

我認真的對待感情，不斷為彼此的未來而努力，可對方不是這樣，他會僅憑表面所見盲目做判斷，根本不願意認真進行深入瞭解和規劃。

兩個人是否適合，不在於食量大小、是否愛熱鬧，而在於彼此的價值觀是否相同。在面對感情時，我願意認真經營，而他傾向於不斷的捨棄與嘗試，可能這才是我們之間真正不適合的地方。

如今，對待工作一向認真的我也漸漸步入三十歲，我和剛畢業時見到的那些三十歲的姊姊們一樣，優雅享受著單身生活，沒有再急於尋找那個「他」。回想二十二歲時見到的那些優雅單身女同事，我深切明白了——愛，不能將就，它應該是錦上添花，絕不是雪中送炭。

是的，輾轉三年，我找到了答案：我們不適合。

每個相遇都是故事

除了面對愛情時更加冷靜、清醒，如今我還意識到：所有相遇，都是最美好的安排。

在茫茫人生旅途，我們一定會遇到愛和幸福，也一定會遇到挫折和痛苦，無論怎麼走，每次相遇都是一個故事；每個故事，都是人生不可或缺的組成部分。因此，我們要時常懷著感恩的心，感謝每次相遇，在豐沛的生活中，捕捉精采的人生故事元素。它們可能藏在愛情中，也可能藏在友情或親情中，只要你用心，你就是人生故事的主角。

附注

8 知名作家，這段話引自他的書信作品《愛你就像愛生命》。

故事力公式 5

價值觀受到衝擊，最終維持初心

描述價值觀／初心

在成長過程中，建立了某種價值觀（相信愛情／以家庭為重／為朋友兩肋插刀等）

↓

受到衝擊

遇到衝突／困難等問題，信念產生動搖

↓

面對挑戰與考驗

對負面情緒進行描寫，闡述在價值觀受到衝擊的過程，很受傷

↓

描寫熬過難關，獲得醒悟

文末回到文章開頭講述的故事，緊密扣題

寫下你的故事

套用前文的公式，寫一篇自己在親情／友情／愛情中得到成長的故事。

06 每段人生歷程都是故事

李燕

生活只有在平淡無味的人看來才是空虛而平淡無味的。

——尼古拉・加夫里諾維奇・車爾尼雪夫斯基9

二十一歲的人生試煉

二十一歲那年，我覺得自己的人生糟糕透了。

剛步入社會的我，因為角色轉換，忽然增加了很多不適應和迷茫；畢業後進入中國科學院從事科研工作，周圍的同事不是擁有院士頭銜，就是取得博士學位，讓只有大學學歷的我壓力非常大；和交往了四年的男友「畢業即分手」，情感上也很受傷……。

這些林林總總的不順利加在一起，讓我感覺世界是灰色的。心裡滿是不甘、憤懣和焦慮，看什麼都不順眼。

沒想到，更糟糕的事還在後面。

某天晚上九點多，我剛從研究所補習班下課騎車回家，在離社區大門只有三百多公尺的地方，被旁邊路口衝出來的廂型車撞飛了。

根據後來的現場勘驗，我是先被撞飛到路邊煎餅攤的雨棚上，再滾落到地面上，如果沒有先落在雨棚上的緩衝，怕是早就沒命了。

當時我的情況很不樂觀，最重的傷在頭部，頭頂裂了一個大傷口，汩汩的往外冒血。

肇事車迴轉逃逸了。

幸運的是，路邊有三位正在吃飯、聊天的中年大哥，聽到聲音之後立刻衝過來，一位騎車去追肇事車，一位打電話報警，另一位連忙查看我的傷勢。交通警察在電話中說最快要半小時才能到，看著我頭上不斷冒出來的血，其中一位姓李的大哥決定立即攔車送我去醫院。

當時，躺在地上的我覺得身上愈來愈冷、頭愈來愈痛、周圍的聲音愈來愈遠、意識愈來愈模糊……，快要撐不住了。

後來大家終於攔到車，把我送進醫院急診室，總算保住我的命。

遇見貴人

再見到那三位大哥，是幾個月之後的事。病情穩定後，在幾位主管和家人的陪同下，我去拜訪他們。

那時的我，身體還很虛弱，因為要做開顱手術而剃光的頭髮只長出短短一層，我不得不戴著一頂白色布帽子，覺得自己醜爆了。

加上不知道什麼時候才能重返工作、回到正常生活，我十分沮喪。

看到我神情落寞，狀態很差，李大哥便開始講救了我之後的故事。

前往醫院的路上，他全程抱著我，他的衣服都被我的血染濕了。在醫院忙完之後，半夜時分才回到家的李大哥站在家門口，看著自己一身「血衣」，怕嚇到老婆，就在進門前把衣服都脫了。老婆一開門，看見他渾身光溜溜的，驚訝極了，李大哥冷靜的對她說，在路上遇到沒有衣服穿的乞丐，就把衣服全送給他了……。

大家哄堂大笑，我也忍俊不禁的抬起頭，那是我第一次認認真真看清了李大哥的相貌，他個子不高，有一個微微鼓起的啤酒肚，說話時總愛配著手勢，兩隻眼睛一一掃視我們這些聽眾，確認我們都在聽他的故事。

他講著一口道地的北京話，故事從他嘴裡說出來，繪聲繪影的，讓人覺得真是幽默，再加上他邊講邊比劃，大家都被他逗笑了，我的心情慢慢好了起來。

離別時，李大哥認真的對我說：「姑娘，大難不死，必有後福。你要好好的，以後，你的每一天都是賺的。」

選擇感恩

「以後，你的每一天都是賺的。」這句話不僅在當時鼓舞了我，在後來面對困難時，它都提醒著我要把目光看向事情的正面，當你面對一個有黑點的白板，你關注的是白板上的黑點，還是黑點以外的大片潔白，心態會大不相同。

積極樂觀的心態，從此成為我克服困難的最強大武器，因為事情遠遠沒有想像的那麼糟糕，雖然人生不如意事十常八九，但是我依然擁有很多——生命、勇氣、激情……。

應該感恩所擁有的，而不是抱怨沒有的。

此後，我將積極與樂觀深植於心，後來，我選擇專注研究積極心理學和焦點解決短期治療（Solution-Focused Brief Therapy, SFBT），便與這段經歷有關。更神奇的是，我的腦子似乎被撞開竅了，大家都說現在的我比出車禍以前更聰明！

故事結局操之在己

看完這個故事，你是在為我的經歷而心痛，還是在為我的成長而欣喜呢？

不管是哪一種，都不重要，重要的是你要明白，我們每個人的每一天、每一刻都在創造故事，而故事的走向是喜還是悲，全部取決於你的選擇。

珍惜生活的每個瞬間，珍惜這一個「故事寶庫」，請相信，每件事的結局都是好的，都是有收穫的，如果不是，那一定是還沒到該寫下結局的時候！

附注

9 Nikolay Gavrilovich Chernyshevsky，俄國唯物主義哲學家、文學評論家、作家。

故事力公式 6

敘寫挫折或驚喜，構築故事

遭遇挫折或低潮時刻的寫作公式

↓

遇到一件極其糟糕的事，彷彿墜入谷底

↓

自怨自艾，沮喪消沉

↓

遇見契機，看到希望或頓悟

↓

相信自己，給自己堅持下去的力量

↓

以新的眼光看待人生的起落

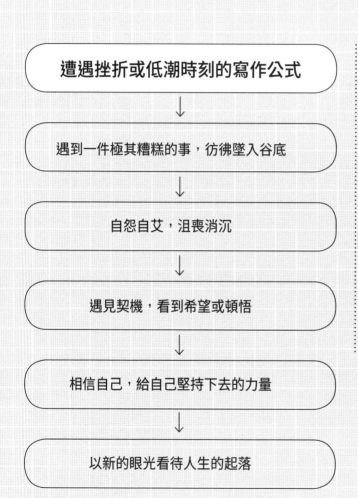

遇到幸運或好事的寫作公式

↓

發生一件意想不到的好事

↓

大喜過望，志得意滿

↓

過於大意，得到教訓

↓

找到問題，解決問題

↓

以新的眼光看待人生的起落

寫下你的故事

套用前文的公式，寫一篇自己因為遇到某件好事或壞事，得到成長的故事。

PART 2
講出自己的故事

第三章

搭建故事框架

07 先想好要講什麼

小安老思

世界上從不缺少美，而是缺少發現美的眼睛。

——羅丹[10]

等待許久的一刻

站在等候區，我突然感到一絲異樣，額頭、脊背、手心都在微微冒汗，心跳也在加速。

當身邊最後一位選手離開等候區時，我知道馬上就要輪到我上場了。等候區一片寂靜，我唯一能聽到的，只有自己逐漸急促的呼吸聲和緩緩加快的心跳聲。

這是世界英語演講賽中國大陸區的總決賽，只有第一名可以取得代表權，參加世界英語演講賽總決賽，與全球一百四十二個國家和地區的選手爭奪勝利。比到這一步，只剩下六個人，分別是一名英國選手、一名美國選手、一名印度選手、三名中國選手，而三名中國選手中，我是唯一的中國內地選手，其他兩名分別來自香港和澳門。

和這些來自以英語為母語或官方語言的國家（或地區）的頂級演講選手競爭，讓我特別興奮，如果贏了他們，便是我的英語能力和演講能力的極致展現。那一刻，我忽然有一種強烈的感覺，就是自己比任何時候都迫不及待想要證明自己，就在這個時候，門開了，「It's your turn, Anderson.」（輪到你了，安德森。）這一刻，終於到了！

我的英語學習之路

時光回到多年前，那時我還是個中學生。在二十世紀八〇、九〇年代，那時候的孩子一般是從中學開始學習英語，不像現在的小孩，很小就開始接受英語啟蒙教育。

如今，大家都知道，對於學英語來說，開始接觸時的年齡愈小，學得就愈快、愈標準，等到上中學時再開始學，因為英語和日常習慣的中文語音、語調、語法完全不同，學起來會很吃力。

而且，那時很少有英文繪本或試聽檔案可以利用網路下載方便取得，學習資源很少，除了教材，只有與教材配套的錄音帶，如果想練習英語聽力，只能反覆聽錄音帶的內容。因此，主要的學習方式是在課堂上跟著英語老師學習。

我父親算是比較早接觸英語的人，但因經濟不寬裕，並沒有安排我提前學英語。父親一直有一個遺憾，雖然他的英語閱讀和寫作能力還不錯，甚至曾經替公司完整翻譯一本書，但口語和聽力能力幾乎為零，就是我們常說的「啞巴英語」。因此父親一直希望自己的兒子能說一口流利英語，所以從我學英語的第一天起，他就反覆告訴我：「孩子，學習英語最重要的是可以說英語、可以和別人用英語交流，這才是學習英語的本質和意義。」

從小到大，父親說的很多話我都沒聽進去，但所幸這句話我聽進去了。於是，開始學英語後，我格外重視聽力和口語的練習，每次上完英語課都反覆聽錄音帶，一遍一遍模仿錄音帶裡外國人的聲音。

隨著學習的深入，我逐漸發現我們英語課堂的問題，就是英語老師的英語發音和錄音帶裡的英語發音有很大的不同，錄音帶裡的語音、語調更加抑揚頓挫，發音方式和說中文時很不一樣，而本地英語老師的英語發音還隱隱透著一絲地方口音，聽起來十分怪異。不過，針對這個問題，從來沒有同學提出異議，我也只好沉默不語。

當時，英語老師最喜歡的教學方式是她讀一句、我們跟讀一句，於是，學著學著，幾乎所有同學的英語發音都逐漸帶著口音。對於這種情況，我心中總感覺有一點不妥，學英語不是學習外國人的語言嗎？說英語，不是應該學外國人的語音、語調，而非堅持中式英語？

於是，我開始嘗試模仿錄音帶裡外國老師說英語的腔調，也就是所謂的洋腔洋調。那時身邊無人指導，我只能自己摸索，因為缺少錄影和錄音設備，自己講得是否標準，我無從判斷。

在自顧自的摸索兩個多月後，我終於得到一次表現機會。上課時，老師突然點名，要我完整讀完一篇課文。

被點名的那一刻，我異常激動，心怦怦直跳。「苦練了兩個月，終於有機會表現給你們看，你們等著被我標準的英語發音震撼吧！」想著想著，我差點笑出聲音來。隨後，我按照自己認為正確的方式，「洋腔洋調」的讀完整篇課文。

但是我讀完之後，迎接我的不是掌聲，而是一聲嘲笑：「哈哈，他的發音也太好笑了吧！」

緊接著，全班哄堂大笑，各種聲音接踵而至：「怎麼那麼怪？」「你們聽他那個怪發音，我模仿給你們聽！」「沒錯，就是這腔調，哈哈！」那一刻，我羞紅了臉，內心五味雜陳，恨不得挖個地洞鑽進去！尷尬中，我抱著最後一絲希望看向英語老師，希望她能幫我解圍，但英語老師也在笑，而且笑得上氣不接下氣。那一刻，在大家的爆笑聲中，我的世界異常安靜，安靜得似乎不屬於那裡，我感覺整個世界都拋棄了我。

恍惚中，我聽到老師開口：「以後按照我的方式跟讀，不要去學那些洋腔洋調了。」

堅持才會看到希望

那天，我不知道是怎麼回家的，只記得一回到家，我就關進房間裡，躲著不出門，耳邊一直迴響著各種笑聲，那一刻我開始懷疑，自己這樣練英語是否正確？是否應該繼續堅持？

父親察覺到了我的異樣，走進房間來。我告訴他自己經歷的一切，最後我說：「我覺得這樣練下去沒有希望，不如老老實實跟著老師學。」

然而，父親斬釘截鐵的對我說：「孩子，聽我說，有些事不是看到希望才堅持，而是堅持才會看到希望。」

那天晚上，我久久不能入眠，父親的話一直在我耳邊縈繞，會有希望嗎？我忐忑不已。

反覆糾結幾天後，我還是選擇堅持。打定主意後，我開始更加勤奮練習，堅信跟著外國人學外語才是正途。

於是，在那之後無數個學習英語的日子裡，每當遇到困難和嘲笑，想放棄時，我都會想起父親的話：「堅持才會看到希望。」隨後重拾勇氣，戰勝困境。

經歷無數反覆聽錄音帶的夜晚、點燈讀書的清晨，經歷無數次第一輪就被淘汰的英語演講比賽，一個英語學習的「後段班」學生，今天終於站在這裡。

站上我的舞臺

這個舞臺很大，從邊緣走到中央，我似乎走過這個世界上最遙遠的距離。側目望去，聽眾席上有好多演講高手，甚至有很多位我熟知的世界英語演講冠軍。曾經，我多次坐在臺下聽他們演講，而今天，舞臺屬於我，屬於這個曾經被所有人嘲笑、屢戰屢敗卻又屢敗屢戰的選手。

最終，在全場雷鳴般的掌聲中，我完成自己的英語演講，那個我最想分享的故事，終於在如此重要的場合，用七分多鐘盡情講了出來。

不過，這一次即使做了充分準備、用盡全力，我依然沒有拿到渴望已久的全國冠軍。當得知我因為超時被取消資格時，周圍的朋友都向我投來遺憾的目光。「小安，你的故事很好，很有可能得冠軍。」「好可惜啊！就超時不到五秒鐘，如果……。」聽著大家的安慰，我的內心無比平靜。回想過往，我覺得自己是幸運的，因為在那無數看不見希望的夜晚，我選擇了堅持，而這份堅持，最終讓我得到成功的希望。

從那之後，我開始幫助更多人發掘自己的希望。截至二〇二二年，我已經先後培養出四位全國青少年英語演講冠軍和十餘位省級青少年英語演講冠軍，而我自己不僅獲得全國講師大賽的金科獎前十名，和中央電視臺「希望之星」英語風采大賽前主持人趙音奇老師同臺演講，還成為「希望之星——二十年二十人」獲獎者之一。

在這個過程中，每當我遇到因為表現不佳而想放棄的選手，我就會用這句話鼓勵他們：「有些事不是看到希望才堅持，而是堅持才會看到希望。」因為我知道，不是每一聲嘲笑都能激發渴望證明自己的力量，更多的人，可能會被嘲笑擊垮，放棄希望和夢想。我希望用自己微薄的力量激勵更多人，幫助他們找回自信。

就像小說《基督山恩仇記》（*Le Comte de Monte-Cristo*）中那句：「人類的一切智慧都包含在這兩個詞中：『等待』和『希望』。」

堅持心向美好，美好終會降臨。

每段成長，皆是故事

很多人對於「寫故事」都會反覆躊躇，不知該從何下手，總覺得自己的生活平淡無奇，稱不上「故事」。但其實每個精采的故事，都來自平淡無奇的生活，串起無數個起眼或不起眼的「有感片刻」，便能梳理出一條條故事主線。

確定要「講什麼」的關鍵，在於確定想傳達怎樣的價值觀，我在後文的故事力公式列出五個步驟，解決寫故事時應該講什麼的問題。首先是透過確定方向找到想傳達的價值觀，接著透過確定角度構思核心金句，然後透過探索轉變建立主要衝突，再透過激發改變解決各種矛盾，最後深入挖掘、昇華主題，完成一個故事的簡單循環。

回想一下，你的生命中，有能夠套入這個故事力公式的故事嗎？

附注——

10 Auguste Rodin，法國雕塑藝術家。

故事力公式 7

先確定要講什麼——以「實現一個英語夢」為例

確定敘述方向，找到核心價值觀

堅持夢想

↓

找到敘述角度，找出核心金句

有些事不是看到希望才堅持，而是堅持才會看到希望

↓

探索轉淚點

那晚和父親的談話

↓

激發改變，解決矛盾

選擇相信堅持，選擇相信希望

↓

深入挖掘，昇華主題

堅持心向美好，美好終會降臨

寫下你的故事

套用前文「先確定要講什麼」五個步驟的公式，寫一篇自己的故事。

08 定位受眾

小安老思

一個人必須知道該說什麼，一個人必須知道什麼時候說，一個人必須知道對誰說，一個人必須知道怎麼說。

——彼得・杜拉克[11]

老友逝去，回憶仍存

再次走進凱文的學校，面對他的同事、學生，我沉默良久，以沉痛的聲音講起我與他的故事。

我最後一次見到凱文是四個月前，在星巴克。

他看起來不同於以往，消瘦太多了，用「皮包骨」來形容都不過分，他到底怎麼了？

他說不喝咖啡，於是我替他點了一杯紅茶。剛剛坐下，他就對我說：「安德森，不好意思，最近一直沒有聯絡你，我生病了。」

確實，看到那種肉眼可見、不正常的消瘦，任誰都能看出他生病了，而且病得不輕。當時，憑我的經驗與直覺，第一反應是立刻轉移話題，談談別的事，畢竟和患者聊他的身體狀況很容易喚起對方的傷感和恐懼。

但凱文不一樣，他不僅沒有被我岔開話題，反而自在的主動聊起他的病。很快，我就知道他得了胰臟癌！

追憶往昔，活力無限

時光回溯到十個月前。有一天，凱文主動聯絡我，希望能約我出來聊一聊。

做為本地英語教育界的標竿人物之一，凱文一直是我敬重的大哥。他花了十幾年磨一劍，嘔心瀝血創辦當地最著名的全外師英語培訓學校，有幾千名學生和三個獨立校區，是個兢兢業業的教育工作者。

聊了幾句後，我很快就知道他約我的目的，他希望我幫他籌辦一個英語演講俱樂部。

「凱文大哥，你為什麼要辦俱樂部呢？辦俱樂部不難，但需要用心經營，也需要眾多老師付出時間和精力，保證一定的參與度。」

「嗯，安德森，我明白。有什麼需要你儘管說，學校一定會全力配合。你想用三個校區的哪間教室都可以，我們也會制定一些獎懲制度，保證老師們參與活動。我希望透過經營英語演講俱樂部，讓更多老師的能力獲得提升，特別是公開演講的能力，因為這對所有老師都非常重要，他們應該在講臺上表現得更自信、更有魅力，這一點與教學能力同樣重要。」

我非常同意他的說法，我從他的眼神讀出了堅定。

他希望借助英語演講俱樂部這個平臺，幫助老師們有更多的成長。

後來，我們又聊了很多，我驚訝的發現，做為一個已從業十餘年的教育工作者，凱文對教育事業依然有強烈的熱忱，在他身上仍然有充沛的創業熱情，對於這個行業的沉痾，例如英語教育品質未能標準化、產品平臺化亟待完成等，他也都有新穎的見解。

那個時候的他，壯志雄心、激情澎湃，正渴望攀登事業新高峰。

無畏疾病，樂觀自信

時光再拉回四個月前的星巴克，坐在我對面的那個人，真的是我熟悉的凱文大哥嗎？他瘦了至少十公斤，病魔把他折磨得樣子大變，讓我幾乎認不出他，唯一不變的，是他那堅毅的眼神。

即使病情如此嚴重，病魔也摧毀不了他的意志，相反的，面對疾病，他表現出驚人的樂觀和自信：「我正在接受中醫治療。化療就不考慮了，不僅影響生活品質，還很花時間，學校裡還有很多事情等著我去處理。你別擔心，我的主治醫生對於治療癌症很有經驗，之前有很多成功案例，我願意相信他，現在的治療主要以調理為主。對了，現在我體內的癌細胞已經轉移到肝臟了，他採用的治療方式還能幫助我優化肝功能！」

「凱文大哥，你還是多休息吧，少操點心，趕快把身體養好才是關鍵。」

「沒關係的，我身體好著呢！我現在每天都會下樓走走，沒什麼不舒服。現在，學校裡有那麼多人，很多專案等著做，我可不能休息。對了，最近我準備繼續推動英語演講俱樂部，你幫我籌劃一個開放參觀日的活動吧！」

當時，英語演講俱樂部已經進駐他的學校，位置很便利，但老師們晚上太忙，工作也非常繁重，主動參與活動的老師不多。

於是，凱文希望透過制定獎懲機制，鼓勵更多老師加入英語演講俱樂部，得到鍛鍊和成長。

那天下午，我們聊了將近三個小時，談了很多關於學校、俱樂部和疾病的事情，其中，最讓我動容的，是凱文面對病魔時的坦然、自信和樂觀，我不知道是什麼力量在支持他。

到了分開時，他才告訴我：「安德森，你知道嗎？我去醫院檢查時，醫生說我只能再活幾個月，但我相信，我可以的！我可以戰勝病魔！」

「嗯，我也相信你可以！」看到他能如此自信坦然面對死亡威脅，我想都沒想，就這樣回答。

聽到我這樣說，他轉過頭來，我看到他在微笑。

最好的告別，就是忘記告別

沒想到，這個微笑的他，成了我記憶中他最後的樣子。

生命的奇蹟終究沒有發生。

凱文大哥還是離我們遠去了。

其實，兩、三個月前，我一直聯絡不到他時，就隱隱有了不祥之感，直到某天朋友問我：「你會參加凱文的追悼會嗎？」

那一刻，我不知道該說些什麼。很多時候，你還沒準備好道別，就已經永遠失去道別的機會。我推掉第二天的所有事務，去送他最後一程，我看到了他的親屬、朋友、同事，大家都懷著悲傷的心情。

哀樂奏起的那一瞬間，我突然流淚了。我這樣一個理性、克制的人，居然也流下眼淚了。

其實凱文大哥和我的交集不算很多，我們見面不到十次，為什麼我會如此動容呢？

後來，我多次和凱文的妻子沈姊聊天，她告訴我，凱文直到生命最後一刻，還微笑著對她說：「沒關係，我能撐過去，你不要擔心，我可以的！」

每當想起凱文大哥，我都會情不自禁思考一個問題，如果面對死亡的是我，我會不會這樣樂觀、坦然。一想到這個問題，我就一陣慚愧，面對平日裡的挫折時，我都很難保持冷靜與從容，更不用說面對死亡了。

今天，當我再次來到凱文的學校，看到學校依然井然有序的運作，聽到學生們琅琅的讀書聲，我想，也許這就是凱文留給我們最好的禮物吧！雖然他已經離開這個世界，但是他積極樂觀的精神依然影響著每個曾經與他接觸的人，每當我們遇到困難、挫折，想想他面對死亡的勇敢和坦然，一切困難就都煙消雲散了。

我會永遠記得他的那句話：「我可以的！」

尋找共鳴，打造深刻故事

既然是「講故事」，就一定會面對「聽故事」的人，那麼誰在聽故事，就成為影響故事內容的重要因素。我們的故事不僅需要講出來，還需要被聽懂，所以找到「講故事的人」、「聽故事的人」和「故事中的人」的共通之處，引發共鳴，才能夠打造讓人感同身受、記憶深刻的好故事。

附注

11 Peter Drucker，現代管理學之父。

故事力公式 8

先確定要講給誰聽——以「我所認識的凱文」為例

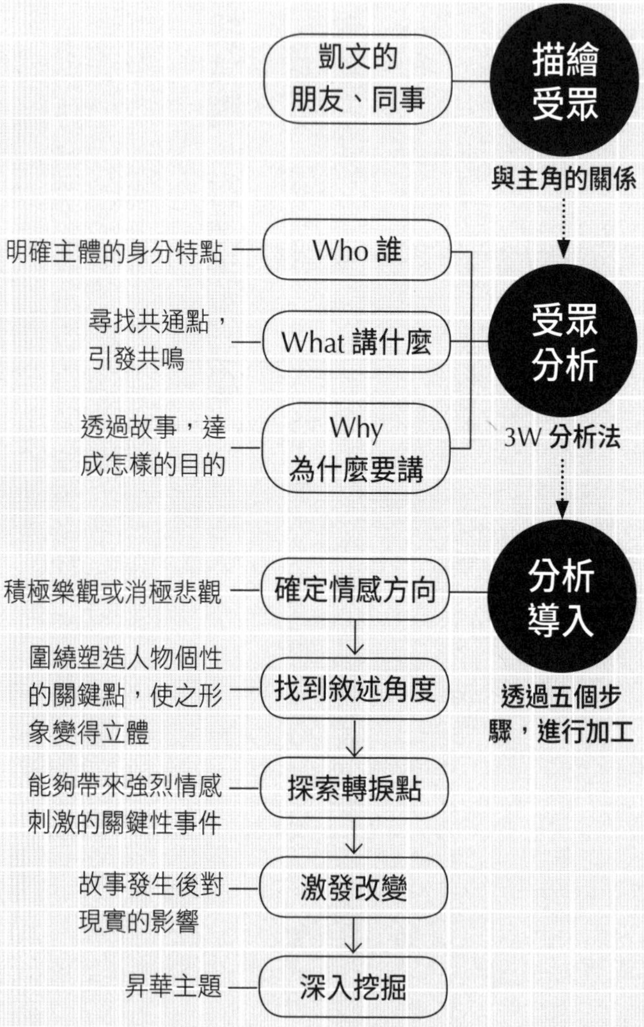

寫下你的故事

套用前文「先確定要講給誰聽」三個步驟的公式，結合真實生活事件，寫一篇設定受眾的故事。

09 明確敘述目的

小安老思

我認為，在寫作過程中，
結構最重要。
你可能會想到一個奇妙的情節，
但是你必須知道如何建構這個情節、如何引導，
否則再好的情節也無法發揮充分影響力。

——貝蘿．班布里奇[12]

幸福童年

我一直覺得，人生中最幸福的事，是擁有如我父母一樣的父親和母親。

他們永遠是最愛我的人，不管遇到什麼問題，都會竭盡全力為我著想、幫我解決，有他們在，我覺得非常踏實、安心。

幼年時，在我心中，父親是無所不能的超人，不管家中的家具、電器出了什麼問題，他總能迅速修好。除此之外，父親對我最大的影響，是在我的成長過程中，給予我無數激勵和陪伴。

父親一直認為，持續鍛鍊、擁有健康的體魄對孩子的成長來說尤其重要，所以，他非常重視我的日常運動。

與很多家長經常口頭教育、很少以身作則不同，父親對我的引導方式主要是陪伴，從小學一年級開始，每天早上六點，父親都會準時叫醒我，風雨無阻的陪我長跑、短跑、練伏地挺身等，因為有他的陪伴和以身作則，我從小健康狀況就很不錯。

除了陪著我鍛鍊，父親對我最重要的陪伴，還有陪著我學習英語。

在大多數家長更重視考卷分數的年代，父親一直認為學習英語最重要的是能用英語和他人交流，所以口語十分重要。說起來，這是他一直以來的遺憾，雖然父親有一定的英語閱讀能力，但是他學習時的聽說能力訓練不足，完全無法與人進行日常交流。

那個時候，學英語的熱潮剛剛興起，我們生活的城市開始有志工自發組織一批又一批「英語角」，父親總會第一時間收集相關活動資訊，陪我從城東跑到城西，積極參加各種英語角活動。雖然他聽不懂，也不敢說，但總是陪在我身邊，為我加油打氣。

當我有了一定的英語口語練習和經驗積累後，父親開始鼓勵我參加英語演講比賽。那時，恰巧碰到「希望之星」英語風采大賽第一次來到我的家鄉城市海選，雖然我當時已經到別的城市上大學，父親依然不肯錯過這個機會，積極幫我報名，讓我能參加這個在當時看來非常頂尖的比賽。

應該說，我始終對英語保有濃厚興趣，後來能獲得英語演講冠軍，登上世界英語演講賽的舞臺，並且入選「希望之星——二十年二十人」，一切都源自於父親在我少年時期埋下的「陪伴」和「支持」的種子。

如果說父親對我的影響來自激勵和陪伴，那母親對我的影響，主要來自默默的奉獻和付出。讀中學後，因為學校離家比較遠，我每天早上必須很早起床出門趕早自習，母親為了確保我每天都能按時吃早餐，總是比我更早起床，日復一日，天還沒亮就在廚房忙碌，烹飪美食。

生活中父母的點滴照料太多太多，雖然有時候，我也會因為意見不同和他們爭吵，但我知道他們永遠是最愛我的人。

意外衝擊，人生起波瀾

工作以後接著是成家，我回父母家的機會逐漸少了，但他們依然按照自己的節奏關心著我，每隔一段時間便打電話噓寒問暖。

直到有一天，這一切發生了天翻地覆的變化。

在我的通訊軟體中，有一個「大家族」群組，成員不僅有我和父母，還有其他親戚。有一天，某位嬸嬸突然在群組裡發了一張我小時候的照片，奇怪的是，這張照片我從來沒看過，而且我也沒看過自己這麼小的照片，緊接著就是一段語音訊息：「你知道嗎？你爸媽是看到這張照片後，才決定要你的。」

我聽到這句話，大腦一片空白。什麼意思？這時候的我已經三十六歲了，什麼叫看到那張照片後才決定要我？難道父母藏著什麼祕密沒告訴我？

在那條語音訊息之後，我連發了好幾個問號表情，但群組就像沒有人一樣靜悄悄，連續幾天沒有任何人說明這件事。父母也突然與我斷了聯繫，連續幾天都沒有再打電話給我。

我拿著電話，猶豫再三，沒有打回家，而是決定直接回家一趟，向父母問個明白。

當我走進家門，發現父母看向我的眼神是從未有過的異樣。吃完飯，沉默了許久，父親緩緩起身，從身後櫃子拿出一個盒子：「這是你的出生證明，孩子，我們應該早一點告訴你的，你不是我們的親生孩子。」

什麼？那個瞬間，我的大腦裡充斥著無數個為什麼，以至於完全說不出話來。我活了三十六年，居然才知道這個消息，為什麼沒有人告訴我？我的親生父母究竟是誰？為什麼他們不要我？為什麼我現在才知道這一切？為什麼……？

父母的表情非常奇怪，我之前從來沒見過他們那樣的表情，很矛盾、很無奈，我第一次感覺他們如此陌生。

我不知道自己那天是怎麼離開家的，只記得隱隱約約中，看到了他們落寞的身影。

隨後幾天，我一直陷在深深的痛苦中。我最愛的父母，我生命中最重要的人，竟然不是我的親生父母！我感覺自己是被世界遺棄的孩子，沒有任何東西值得我去相信了。

過了幾天，我才逐步瞭解到，原來那位在家族群組中發照片的嬸嬸，才是我真正的母親，我從小到大甚至沒和她說過幾句話。而我父親的親弟弟，是我的親生父親。

「好吧，總算不是撿來的。」我苦笑著，這樣調侃和安慰自己。

我把這一切告訴妻子，她並沒有安慰我，但她說的話，徹底轉變了深深陷入鬱鬱寡歡狀態的我。

「你知道嗎？小安，你是一個幸運的人。」

「什麼？幸運的人？我經歷了這種事情，你就不要再開玩笑了。」

「我沒有開玩笑，我問你，你的養父養母愛你嗎？」

回想過往，我點點頭。我承認，他們對我的愛，是全心全意的。

「既然如此，你現在不僅擁有養育你的父母，還找到了你的親生父母，你擁有雙份的愛，還說自己不是一個幸運的人嗎？」頓了頓，她接著說：「家裡一直沒告訴你事情的真相，一定有他們的苦衷。我覺得，是不是親生的並不重要，重要的是，他們是否像真正的親生父母那樣，全心全意的對你好。真正的愛和親情，融入陪伴你的每一個日夜，而不是一種形式，一個簡單的名詞。」

那一刻，我恍然大悟。一件事的好壞，也許並不在於這件事本身，而只在於你對它的看法。

這件事，當我帶著悲觀的心情看它時，我會埋怨世界的不公，埋怨親生父母為什麼要把我過繼給他人？但是，當我帶著正向樂觀的心情去看時，就會發現，自己擁有兩對父母，擁有的愛也是雙份的。

後來，一切原因都清楚了。因為一次意外，我的養母失去生育能力，那個時候，綜合各種情況，最好的選擇是親生父母把我過繼給養父養母，這樣養父養母可以得到一個孩子，親生父母可以再生一個孩子，而我可以獲得更好的成長條件。

我一直以來認為的「堂弟」，其實是我的親弟弟。

與意外和解，把握幸福當下

如今，距意外獲知真相的那個晚上已經過去了很久，我曾經的憤怒、悲傷、不解早已煙消雲散。

透過這件事，我學到了人生中最重要的道理：回想過往，生活中，我們可能會遇到幸運、快樂、驚喜，也可能會遇到憂愁、悲傷、徬徨，所謂幸福，往往不來自於事件本身，而來自於自己的選擇，有時候，當你選擇正向樂觀的看待一件事，你就能變得幸福。

當我能夠平靜的、帶著感恩的心寫下這個在他人眼中有些不可思議的故事時，我知道，自己真正完成了與自己的和解。

正所謂「離去的都是風景，留下的才是人生」，只有將故事說出來、將心結解開，我才能更從容的面對未來的生活。

想到這裡，我又該給父母打一個電話了，哦，不對，應該是打兩個電話。

附注

12 Beryl Bainbridge，英國小說家。

故事力公式 9

先確定講故事的目的——以「我有兩對父母」為例

鋪墊故事背景

敘述關鍵性事件發生前的日常狀態，對與關鍵性事件相關的生活側面加以描寫

↓

刻劃衝突轉折

介紹關鍵性事件發生時的場景，引爆衝突

↓

闡述矛盾困難

對關鍵性事件發生後的生活環境變化、心理狀態變化等加以刻劃

↓

描寫頓悟覺醒

經過情緒轉折、真正接受這一關鍵性事件的存在後，寫下這段經歷給予自己的成長與轉變

↓

昇華主題

平靜的書寫這一關鍵性事件，達到接受變化、與自己達成和解的目的，昇華故事主題

寫下你的故事

套用前文「先確定講故事的目的」五個步驟的公式，結合真實生活事件，設定目標（與自己和解／記錄成長瞬間／反思失敗經歷等），寫一篇自己或別人的故事。

第四章

打磨故事細節

10 故事要能被聽懂

陳琰

世界知名的管理顧問公司麥肯錫（McKinsey & Company）有一個在商界流傳甚廣的「三十秒電梯理論」，也稱「電梯演講」，要求員工必須都有在三十秒內向客戶介紹方案的能力。

演講帶來童年榮光

回顧三十餘年的人生，我發現自己的閃耀時刻都是演講賦予的，尤其是學生時代模糊的記憶片段裡，最清晰的身影便是喜歡站在舞臺上從不怯場的我，以及痴迷於站在小河邊不停讀書、背稿的我。

小時候，我家門前有一條小河，每天早上，我都會在河邊朗讀課文，直到可以整篇背下來。一邊讀書，一邊聽著潺潺的流水聲，是我最享受的事情。而拿著麥克風對著大庭廣眾發言，對我來說也從來不是難題，在司令臺上講話、做為學生代表發言、參加演講比賽、爭取擔任活動主持人……，我是如此迷戀麥克風，拿起麥克風的瞬間，感覺全世界都是我的！

那個時候我還不知道這就是演講，也不知道這種能力對我的未來發展有什麼作用，只是在內心深處埋下了一顆種子，一顆愛說話、愛表達的種子。

遭遇失利，心結難解

回憶向後延伸，色彩逐漸褪去。

因為考試失利，我進入一所自己並不滿意的大學。在父親送我去學校的路上，我說自己對大學沒有一點期待，也沒有將開始一段新生活的興奮，愈接近學校，我的心情愈沮喪，那個不願意面對的未來馬上就真的要在我眼前展開，雖然不甘心但卻不知道該如何去改變！然而，父親什麼都沒說，我還是邁入那所大學的校門。

進入大學的第一年，我迴避與所有老同學的聯繫，也很少參加學校舉行的活動，只想躲起來，渾渾噩噩度過大學四年。

轉捩點發生在大二那年，當時學校要舉行一場主題演講比賽，室友開玩笑般偷偷替我報名。我清楚記得拿起麥克風走上舞臺時，內心深處沉寂已久的渴望似乎被喚醒，那是一種久違的感覺，熟悉又陌生。

沒想到我竟然一路過關斬將，獲得第二名！那一瞬間，我很意外，因為灰頭土臉的在大學裡「混」了一年後，我幾乎已經接受自己是「廢柴」的事實，想都不敢想竟然能獲得名次。

想來可悲，幾年前，我曾經是每次參加演講比賽都對第一名志在必得、永遠覺得自己是冠軍的小女孩，幾年後竟然會因為得了第二名而竊喜，甚至潛意識裡覺得自己配不上這樣的成績！

一週後，在全年級的演講比賽中，室友再度推薦我參賽，但我卻鬼使神差做了現在想起來都還會鄙視自己的事——我在比賽將開始時，以身體不適為藉口棄賽了。我不知道當時為什麼會做那個決定，也許是害怕一次成功後會再次失敗，也許是覺得以自己那時的狀態，不配拿著麥克風，不配擁有舞臺。

正式比賽那天，我一個人推著腳踏車經過比賽禮堂，裡面燈火通明，掌聲、笑聲不時傳出，我像個失敗者逃離那裡。風吹在臉上，很疼，就連我想為自己流眼淚，都覺得沒資格。

從那天起，我跟演講、跟舞臺徹底告別了，之後的大學時光從未參加任何演講比賽或主持發言，也不願意競選校內任何組織或社團的學生幹部。那次棄賽彷彿奠定我整個大學灰暗空洞的基調，讓我堅定覺得自己應該遠離人群，做一個旁觀者。

重燃榮光，賦能人生

有句話說：「世間的所有相遇都是久別重逢！」同樣的，與機會的每一次不期而遇，都早已在暗中埋下伏筆。

在我大學畢業剛工作時，我被分派的第一個重要任務是參與企業核心理念演講。時隔這麼久，我再次站上舞臺時，心情複雜，有點敬畏、有點期待，也有一點緊張。不過，似乎是因為被壓抑很久，也積蓄許久的力量，經過全力以赴的準備，我自認完成了一次較為滿意的演講。最終，我不僅拿下全公司的演講冠軍，還被老闆指定主持當年的公司晚會。

在不進則退的職場壓力下，我的能量似乎在慢慢回歸，幸好，小時候就嶄露頭角的天分，沒有再次辜負我。

後來，在公司舉辦的演講比賽及各種晚會活動中，我成了奪冠的熱門人選，也是拿主持棒的不二人選。慢慢的，我似乎又找到當年那個從不怯場的小女孩的自信，又成了那個熱中於在河邊背書、拚命努力的小女孩，久別重逢的感覺真是太美好！

更奇妙的是，當年演講比賽獲得第二名的男同事，後來成為我的主持搭檔，並與我日久生情，成為我的老公。

屬於我的人生色彩似乎又在慢慢顯現，一切發生得出其不意，卻又順理成章。直到現在，我仍然清楚記得重拾麥克風、奪得冠軍的瞬間，我內心似乎被某種強大的能量擊中，有開閘洩洪般的衝勁。

一時的失利，絕不是逃避現實的藉口。我知道，每個人都渴望這個世界上有一束光為自己而亮，如果一時找不到這束光，也不必慌張，別忘了你也有發光的能力。找到自己的天賦和興趣，放手搏一把，你會發現站在屬於自己的光亮中，可以更坦然對自己說：「我值得與更美好的人生相遇！」

重拾自信後，我開設演講表達課、公益訓練營，和朋友一起成立演講協會，用演講幫助別人，用表達點燃生命、為人生賦能……，不僅有了屬於自己的光亮，還開始用這束光去照亮別人。

故事要講得清晰，才能被聽懂

我在演講表達課、公益訓練營中發現，人與人的溝通有百分之九十五的時間被用來解決我有沒有說清楚、你能不能聽懂的問題，所以，把故事講得清晰，是提升故事力的關鍵。

以前文的故事為例，如果我沒提到小時候的演講天賦，後期的爆發式成長就毫無依據；如果我不講聯考時的失利與大學時的自我封閉，讀者就很難理解我工作後再次站上舞臺並獲得成功時的激動心情……。

所以，講故事的時候不要急，講得清晰、能被聽懂，就不失為一個好故事。

故事力公式 10

循序漸進，完善故事

確定故事主線

多年來的夢想、回憶、教訓、遺憾等

↓

搭建故事結構

使用「過去……現在……未來……」的結構或「事情開始……然後……最後……」的結構進行敘事

↓

控制故事節奏

適當控制各個環節所占的比例，比如，「開始10％～15％」，「隨後70％～80％」，「最終10％～15％」

寫下你的故事

套用前文的公式，寫一篇關於自己的故事，看看如此梳理後，你的故事是不是更加清晰且有邏輯。

11 留下懸念，引發好奇心

陳玹

許多年後，奧雷里亞諾．波恩地亞上校
在面對執行槍決的部隊那一刻，
憶起了父親帶他見識冰塊的那個遙遠午後。

——馬奎斯 13

再見，愛人

在家門前一百公尺的地方，她攥住手機，用力發送兩個字：離婚！
然後，她坐在社區長椅上，望著樓上那個熟悉得不能再熟悉的、被稱為「家」的地方，默然。今天是結婚十週年紀念日，她卻發出了那兩個冰冷的字，直到現在，她的手似乎還在顫抖。

她坐著、等著，但手機一直沒有收到回覆。

她呆呆看著手機，希望他回覆，但又害怕他回覆。

人生若只如初見

人生若只如初見，何事秋風悲畫扇。

很多年前，在朋友邀約的聚會上，他唱了一首英文歌——〈The Rose〉，然後在燈光下對著她微笑。就在那一瞬間，她心動了，這個男孩單純又熱烈，瞬間打開她的心扉。

後來，她一次又一次被他感動。

清晨上班時，他坐在公車上，會對著車窗玻璃哈出熱氣，然後畫一個愛心，傻傻的隔著車窗望著她。

結婚時，看著身穿婚紗的她，他笑著笑著就哭了，說為了這一天，他花光這一生的運氣。

為了買到理想的房子，每天早上他們都會互相加油打氣，晚上常一起進修，為了賺錢買房一同努力。

買下房子時，他們一起想像新家的布置風格，他說，她是他的幸運星。

結婚兩年後，他們的寶寶出生了，是跟爸爸長得一模一樣的男孩。當產房外別的父親都第一時間衝過去看寶寶的時候，他一言不發等著她被推出產房，然後疼惜的在她耳邊說：「辛苦了！」

他時時參與兒子的成長，不管是陪著玩遊戲或教功課，他都樂在其中。

他們的生活幸福又美好，如果硬要說還有什麼遺憾，就是一直沒有生出盼望中的女兒。

他不只一次說：「我們的兒子像我，你可以透過兒子的成長，看到我的成長過程，而我更想看到你是怎麼長大的，所以生一個像你一樣高䠷白皙的女兒吧！我們好好寵她，一家四口一直幸福的生活下去。」

想到這裡，她不再猶豫，站起身準備回家，同時堅定了自己的想法。

再，見愛人

這時候，手機響了，傳來的訊息同樣只有兩個字：回家！

她推開家門，映入眼簾的首先是一大束百合花，隨後，老公的臉從百合花後面探出來。他一臉笑容，但眼睛略微泛紅。

他一把將她擁入懷中，說：「我收到醫院寄發的檢驗報告單了。有我在，你別想跑！」

她說不出話來，眼淚無聲的流。良久，看著躺在桌子上的檢驗報告單，她偽裝的堅強一點點瓦解：「可是……，我們還想要一個女兒……。」

他捧著她的臉，認真的說：「你就是我的女兒，我要一輩子寵著你！」

「可是……，我得的這個病……。」

「一定沒事！放心吧！快去陪兒子玩，等我給你們做大餐！」推開房門，兒子正在畫畫，她看著看著，眼眶不由得又紅了。兒子聽見啜泣聲，回過頭疑惑的說：「媽媽，你和爸爸怎麼了？爸爸剛才也抱著我大哭，我從來沒看爸爸哭得那麼傷心。」

她心裡一痛，轉頭看向在廚房忙碌的身影，正好他回頭，迎上她的目光，立刻綻放微笑。不同於十年前初相遇，對著她唱歌時的微笑，此時的微笑單純卻堅定。

結婚十年，再見愛人？再，見愛人！

保持懸念，故事更精采

我有一個朋友是資深影評人。某次聊天時，我問他，什麼樣的電影最吸引人？他說，當你在看這部電影時，隨著情節的推進，腦海裡只有兩句話，一句話是「不是吧？」，另一句話是「然後呢？」，這部電影就可以說是一部成功的電影。

其實，對於寫故事來說也是這樣，只有時時刻刻讓讀者保持著向下探尋的好奇心，才能稱為一個好故事。

讀完以上故事，你是什麼感覺呢？是不是既好奇這對夫妻的過往，又好奇檢驗報告單上究竟寫了什麼，同時迫不及待想知道接下來他們的生活會走向何方？保持懸念，故事的精采指數頓時飆升！

附注

13 Gabriel-García-Márquez，哥倫比亞作家、拉丁美洲魔幻寫實主義文學的代表人物，這段文字引自他的作品《百年孤寂》（*Cien años de soledad*）。

故事力公式 11

善用懸念與轉折，提升精采指數

挖個坑，激發疑問

設置懸念，突然發生奇怪現象／反常行為

↓

刨得深，引發好奇

加深疑問，回想起過往／與該現象或行為相關聯的事情，帶出種種線索

↓

搬點土，引出事件

引出事件，指向原因，開始採取某種行為

↓

種上樹，完美收尾

給出答案，恍然大悟，事情的走向漸漸明朗／水落石出

寫下你的故事

套用前文的公式，寫一篇懸念迭起的小故事（可以適當虛構，但一定要緊緊圍繞故事主線，切勿天馬行空）。

12 引發同理心，製造共鳴

趙冰

同理心是一種與生俱來的力量，
從祖先那裡傳承下來，
並且賦予我們生活的能量、方向和目的。

——《同理心的力量》14

書音，啟程

在我決定經營一間書店的第一天，就有一個心願——希望透過自己的努力，讓更多人愛上閱讀。這個心願，就像一顆種子，埋在我心裡。

二〇一五年，一次偶然的機會，我在現場聽了一場TED×Talks，被它的內容和形式深深震撼。

演講結束那一刻，我突然靈光一閃：如果把讀書和演講結合起來，是不是更能推廣閱讀呢？

於是，我回家之後就開始在自己的書店中籌辦「閱讀類 TED 活動」，定名為「書音」。

經過一段時間緊張又充實的策劃、落實，第一期「書音」活動如願舉辦，很多優秀的分享者走上那個雖然不大，但是也擁有聚光燈的舞臺，與大家分享他們心中的好書。

第一期「書音」活動結束後，好評如潮。

可是，沒過多久，我便陷入糾結。「書音」活動是沒有任何收入的「非營利活動」，不僅如此，每期的籌辦都要投入大量人力、物力、財力，我並不知道自己能堅持多久。

那段時間，每到深夜，內心都有一個聲音冒出來，毫不客氣的問我：「你還要繼續做下去嗎？」

書音，在成長

我之所以沒有很快就放棄，動力來自某次「書音」活動結束後，一位參與者給予的強烈回饋。

那次活動有一位分享者在「書音」的舞臺上談到與家庭暴力有關的話題，活動結束後，一位參加活動的女孩特地跑到後臺找我表示感謝。當時，女孩滿眼淚水，我瞭解後才知道，原來她有過類似經歷，書中的故事及分享者的話語讓她重新獲得生活的勇氣。

那天交流到最後，她表示特別希望我們能一直把「書音」活動辦下去，影響更多人。

那位女孩的眼神，讓我一遍遍對自己說：「一定要堅持啊！」

就這樣，「書音」活動在喜愛它的人們的支援中，一場接一場舉辦著，但我很快就遇到新難題。隨著參與者的期望愈來愈高，對活動品質的要求也愈來愈高，與之對應的，是投入的資源愈來愈多。

我原本以為這麼好的活動，一定會有贊助商願意提供支援，只要撐過起步階段的艱難，情況就會慢慢好轉，然而，現實情況是我努力談合作、拉贊助，但被拒絕、碰釘子的次數遠比獲得認可的多。

那段時間，我每天白天都激情澎湃向目標贊助商介紹：「您好，請瞭解一下『書音』活動！」

晚上回到家，被拒絕了無數次的心情沉到谷底，孤身一人置身在無盡的黑暗中，感覺無比絕望。

活動很好，但需要財力支援，感覺難以為繼時，內心的那個聲音又冒了出來：「你還要繼續做下去嗎？」

懷抱信念，堅持理想

這一次，讓我堅定繼續做下去、堅持走下去的決心，是登上「書音」舞臺的分享者許天倫。

他是一位腦癱詩人，全身上下只有一根手指能活動，但他堅持閱讀和寫作，兩年寫下五百多首詩，出版兩本詩集。他在舞臺上分享自己的生命故事與心路歷程時，在場所有人都被震撼了，我也被深深鼓舞——信念的力量、堅持的力量，如此強大。

那場活動結束後的第二天，我的心情依然難以平靜，翻看過往的網路發文，瀏覽大家的留言和按讚時，我不由自主在腦海回想那位女孩的眼神、腦癱詩人許天倫的分享舞臺，以及支持過我的志工、分享者和觀眾的熱切目光與熱情回饋……，心中湧起一陣陣暖流。

那天，我一字一頓的發文寫下了四個字：十年之約。我發誓，要堅持舉辦「書音」活動至少十年！

直到今天，我依然會在不同人面前不斷的複述這個「十年之約」的故事，因為堅持這件事說起來很酷，做起來很苦，我非常害怕自己有一天會放棄。所以，我乾脆做一個「公開承諾」，讓大家都來圍觀和監督。

我咬著牙，也要走完這十年！

加入，被感染

截至二〇二二年，「書音」活動已經陸續吸引二千餘人親臨現場，超過十萬人次線上觀看直播。雖然一直在虧損，但因為努力堅持，當初埋在我心裡那顆名叫「閱讀推廣」的種子已經生根發芽，長出了一朵花。

相信在時間的灌溉下，這朵花會繁衍成一座美麗的花園。

不計得失的堅持，去做一件自己覺得值得的事情，這就是我和自己的「十年之約」。

14 *The Power of Empathy*，美國心理學家亞瑟．喬拉米卡利（Arthur Ciaramicoli）和凱薩琳．柯茜（Katherine Ketcham）合著。

故事力公式 12

敘寫信念，引發同理心

敘寫故事機緣，添加懸念

一個偶然的／奇妙的機緣

↓

描述事件

引發了一個好的／不好的事件

↓

增添波折

經歷了一段波折的／榮耀的過程

↓

描寫信念，謀求同理心

找到了一個信念／方向

↓

指引未來，擴散感染力

確立一個夢想／未來／規劃

寫下你的故事

套用前文的公式，寫一篇用信念吸引身邊人，從而讓夢想不斷發展壯大的故事。

第五章

故事要因時、因地制宜

13 提前預想場景

劉靜

子曰：「君子道人以言，而禁人以行，故言必慮其所終，而行必稽其所敝，則民謹於言而慎於行。」

——《禮記．緇衣》15

無名之火

距離正式上課還有兩分鐘，吳老師與往常一樣大步流星走進教室，左手抱著書，右手習慣性拎著她慣用的五十公分長小木棍——這根小木棍一直被她暱稱為「愛的棒子」，在學生眼裡，這是班導的標配。

「咦，都這個時間了，怎麼還有這麼多人不在座位上呢？」吳老師一邊敲著講桌，一邊擰著眉頭吼道。那音量，大概隔壁教室裡的人都能聽到。

「大家去……去樓下撿書了。」班長聞言迅速站起來，忐忑的答道。

「撿書？撿什麼書？」怒火在吳老師眼中燃燒。

「高三學長姊大考結束後，不要的教科書、參考書。」班長急忙解釋。

「馬上就要上課了，還下去撿那些破爛，有沒有時間觀念？去，把他們都叫回來！」吳老師連敲兩下講桌，火氣愈來愈大。

班長迅速跑下樓，不一會兒就氣喘吁吁回來了，身後跟著一串低著頭的孩子，每個人手裡都拿著數量不一的舊書，魚貫而入。

「你們才上幾年級，去撿高三學生不要的書，看得懂嗎？」吳老師拿「愛的棒子」敲著講臺，皺著眉頭說。

「看得懂。有的科目還可以湊齊一整套，完全沒有缺頁。而且還有英語詞典……」一向膽大的周小琪解釋道。

「還學會強辯了？有本事自己上考場去考！撿別人不要的舊書、破爛，你們還有理了？」吳老師更加生氣了。

「我們帶回來的都是有用的書，真的不是破爛。」李小剛嘟噥道。

「還頂嘴？都站到教室外面去罰站！」吳老師氣紅了臉，一邊敲講桌，一邊怒吼。

慢慢吞吞、磨磨蹭蹭、嘀嘀咕咕……，剛進來的學生們，又魚貫而出。已經上課十多分鐘了，這場因撿書而起的「師生拉鋸戰」還沒結束，等所有學生認錯，陸續回到教室時，離下課只剩十幾分鐘。

唉，這事處理得老師不開心、學生不服氣，大家都不好受，還耽誤寶貴的上課時間。

誰之過？

都有錯！場合不對、情緒不對，說的話也不合時宜。

救火、滅火

做為目擊者，在吳老師消了氣，情緒穩定下來後，我找她進行如下對話：

「今天你這脾氣還真大，是真的生氣了？不過，我到現在都沒搞清楚，你這樣處理這件事的原因是什麼？」

在不帶情緒時，事情的眉目慢慢清楚。吳老師嘆了一口氣，說道：「馬上就要期末考試，大家的壓力都很大，我只是想讓他們別浪費時間，集中精力好好複習，考個好成績。沒想到我今天到班上一看，都要上課了，教室裡還空蕩蕩的，於是火氣就來了。現在冷靜下來仔細想了想，其實他們沒犯什麼錯，就是從別人不要的回收物裡撿了些書，而且，換個角度想想，這種行為還可以用『求知若渴』來解釋呢！」

「對呀，你今天發火，可以說是太『無厘頭』啦，不僅沒有節省時間，還浪費了一節課，更得不償失的是，讓學生的狀態變得更糟糕。如果換一種方式，用更適合的情緒和話語處理這件事，會不會效果更好？」我拍了拍她的肩膀，帶著微笑，期待著她的思考和調整。

「更適合的情緒和話語？剛才真的沒想這麼多。怎麼做，才是更適合的呢？」她若有所思抿了抿嘴唇。

「預測！提前想像做出某種反應、說出某句話後可能面對的場景，選擇其中最佳選項，就能避免這種遺憾的結局。」

我層層遞進，繼續說：「比如，先肯定他們對讀書的熱情，再點明當下最急迫的事情是認真上課、全力備考，幫助他們分清優先次序。如果你有時間，甚至可以在課後陪他們一起去舊書堆裡『淘寶』，搞不好真的能幫他們選到適合的參考書呢。畢竟那都是高三畢業生用過的書，不是『破爛』。」

如果能提前預想學生的反應和可能造成的局面和後果，就不會用這麼糟糕的情緒，說出這麼不近人情的話。抱著解決問題的目的，後者的處理方式明顯比前者更有效，也更和諧。

「你說的很有道理！那麼，現在我該怎麼補救呢？」吳老師眼睛一亮，主動拉住我，著急的問。

「別急呀，用同樣的方法，先預想一下。如果你繼續與學生僵持，會怎麼樣？如果你公開道歉、表達理解他們的行為，又會怎麼樣？」我笑著問。

「如果繼續僵持，可能會造成更嚴重的緊張關係、激化情緒，然後繼續耽誤時間，影響準備考試的進度；如果公開道歉，先解釋發脾氣的原因，再表達理解他們的行為，最後給予合理的建議，他們應該會很驚訝，然後原諒我的急躁，願意跟我一起解決問題、高效率的利用時間。」看著她開始冷靜的分析，我感到非常欣慰。

接下來，吳老師果然在最適合的場合，用最適合的情緒，講出了最適合的話，而班上學生的反應也就像她所預測的那樣，情緒慢慢散去，師生間變得和諧友好。

三思而後行，滅火於無形

每個人都有情緒，當情緒突然湧來時，保持冷靜很不容易。

但是凡事都有「成本」，如果大家能夠在不冷靜時強迫自己進行理智思考，預想不冷靜將帶給自己哪些影響，以及消除這些影響時，自己需要額外付出哪些努力，或許就可以給自己的情緒一個「緊急煞車」，找到當下最適合的情緒、說出最適合的話。

以上故事提供大家參考，三思而後行，提前想像可能面對的場景，不要等到已經造成實際後果再去後悔和彌補，你的故事將更加完美！

附注

15 這段話的意思是孔子說：「君子以言語引導人們向善，而以行動制止人們作惡，所以說話時必定考慮最終的結果，行動時必定核查可能的弊端，那麼人們就會謹言慎行。」

故事力公式 13

預想場景，講最適合的話

發生出乎意料的事情，
講述者感覺快樂／不悅／氣憤……

↓

當下，講述者立刻做出了反應，
可能是感傷／自責／憤怒……

↓

發現自己的反應使情況發生了變化，
可能出現轉折／失去控制／變得糟糕等

↓

及時反思，找到問題根源

↓

預測反應，做出調整，事情出現轉機

寫下你的故事

套用前文的公式，寫一篇因為自己心態發生變化，事情幾經反轉的故事。

14 根據聽眾反應適度變通

曾瀛葶

講故事時有一件重要的事就是調整。
在調整的過程中，
你會發現故事的哪一部分起作用，
哪一部分需要潤色，
哪一部分應該捨棄，
這會讓你的故事更受歡迎，
也讓你的故事更有趣。
晚會上講故事要遵循這一點，
透過電影講故事也要遵循這一點。

——查理．考夫曼16

即興演講，慘輸美食

我曾經參加一場野外俱樂部的週年晚宴，我對於那天帶給大家一段先是索然無味，後來迴響熱烈的即興演講印象極其深刻。

那場晚宴正值戶外活動淡季，教練邀大小學員和家長參與盛會，回味旅行中的趣事。

晚宴中途，總教練突然走過來，說想邀請我上臺分享戶外旅行故事。這實在有點突然，等於要做一場沒有任何照片和簡報檔案輔助的即興演講，不過恰好我剛參加過野外求生營隊，有很多故事可以分享，便滿口答應了。

我上臺時，大家煮的麵條剛起鍋，烤肉串也洗淨、串好、放上烤爐。我站在臺上往下看，每個人端著一碗麵條，抬頭看著我。在這樣奇特的氛圍中，我開始講剛出爐的探險故事。

「那是在印尼一個叫布納肯（Bunaken）的小島上。從機場出來，先搭兩小時的車到碼頭，再搭船大約一個小時就可以到達。我們一行人從機場出來後，搭乘教練安排的包車，沿路看窗外的風景。

「不同於大多數東南亞國家的旅遊區，這裡低矮破舊的房舍之間，交錯著新穎閃亮的樓房。在這樣的環境中，拉著行李箱、戴著墨鏡與防曬帽子、身穿戶外機能服的我們顯得特別突兀。

「一路走過，我特別好奇教練團怎麼找到這個地方，因為真的沒什麼人。後來才知道，原來是一位跟隨印尼外交官來到這裡的中國大陸女生在島上開了一間民宿，我們才有機會來到這個名不見經傳的小島。

「我們在島上待了幾天，做一些海上適應性訓練。那幾天的安排很平常，白天環著島嶼探訪紅樹林、捕撈海膽、跳島浮潛；傍晚和晚上造帆船……。」

講著講著，我發現聽眾沒什麼反應，原來端著麵碗抬頭看著我的人們，陸續低下頭專心吃麵，還有人開始在場中走動，去烤檯拿肉串。我頓了頓，心想，看來這些人都是資深戶外玩家，普通行程引不起他們的興趣。要戰勝美食，不能按照時間順序繼續平鋪直敘，得講點有趣的、刺激的！

於是，我果斷跳過帆船製作與試水的過程，跳過穿越紅樹林的過程，跳過浮潛團隊比賽的過程，直接開始講最後兩天的經歷。

改變策略，關注度急速上升

我清了清嗓子，開始講述最有趣的部分。

「我們都在竊喜，看來這次『探險』並不困難，教練手下留情了，哪知道最大的『彩蛋』在後面。

「某天傍晚，我們突然接到通知，要去一個更小的島上過夜。當時並不知道，這會是一次終生難忘的北緯一度『荒島』夜宿！

「我們前往的小島，是一個在網路上找不到任何資料的原始漁村小島，每人各帶一個輕便的包包、一套換洗衣物、一些簡易餐具和一瓶水，抱著一個瓦斯罐就出發了。

「登上船後，我發現船上只有我們同團的幾個外地人，其他都是本地人。那些本地人全背著竹筐，裝著我認不出品種的魚、水果，還有大桶的飲用水和飲料，甚至有孩童坐在竹筐裡，怯生生向外看著。這些本地人都不會說華語，也聽不懂英語，除了目光接觸和微笑示意，完全無法與我們交流。

「就這樣一路漂蕩，我們終於登上了島。島上的漁村只有一條幹道，房子簡陋、街道髒亂，隨處可見亂跑亂竄的山羊、雞、鴨、狗、貓、豬，甚至還有光著身子的小朋友。

「孩子們的交流不需要語言，沒過多久，我們發現有一隊本地孩子遠遠的、好奇的跟著我們，而我們團隊裡的孩子開始嘗試和他們接觸、玩耍。這些本地的孩子慢慢走進了隊伍、走在隊伍前面，帶我們參觀幹道邊的小路，後來又隨我們來到落腳地。在那裡，孩子們『雞同鴨講』說著話、玩起遊戲。

「很快，天黑了。那是我住過最簡陋的營地，沒有電、沒有訊號、沒有睡墊和睡袋，大家裹著衣服，靠著彼此，睡在海邊的漁寮上……。

「那段日子，恰逢小島多雨，氣候多變，教練說當天可能有連夜暴雨，會下到清晨。我們棲身的漁寮漏雨又灌風，大家身上沒有厚衣服，也沒有睡袋，八個人擁有的禦寒物品只有兩條毯子。

夜深了，隨著居民紛紛熄燈休息，島上陷入黑暗，除了當地年輕人戶外高歌，只剩下暴雨砸在海面上的聲音。我們的漁寮離海面只有不到一公尺，那一夜，很長，很長。」

隨著我的講述，臺下手捧麵碗的聽眾開始仰頭看向我，有些人紛紛走向舞臺，聚集在臺前。

自然互動，聽眾才是故事航向的「水手」

「上半夜，孩子們累了，呼呼睡去，微弱的打呼聲和雨聲夾雜在一起。幾個大人硬撐著不敢睡，守在孩子身邊，生怕哪個熟睡的孩子一翻身不小心掉進海裡。」我繼續講著。

「漁寮沒有牆嗎？連牆壁都沒有嗎？」一名家長打斷了我的講述。

我很高興，看來他們開始認真聽故事了。我沒有拿出手機給他們看照片，因為那只能照顧到前排幾位聽眾。我後退幾步，在臺上比劃著，盡力還原漁寮的空間情況。我看到聽眾開始交頭接耳，討論著那漁寮竟如此簡陋。

「雨愈下愈大，一點都沒有要停下來的樣子。風也愈颳愈大，雨水被風裹挾著，斜飄進漁寮。大人趕緊將僅有的幾件雨衣、衝鋒衣和幾張塑膠布往蜷縮在地上的孩子們身上蓋，想盡量護著他們睡得安穩，不過難免有照顧不到的地方，部分孩子開始翻身、皺眉、表示不滿。

「出乎所有人意料的情況就在這時發生了，漁寮的屋頂突然塌了一角，在坑窪處積攢多時的雨水『砸』了下來，直接砸在躺在正下方、營隊裡年紀最大的孩子身上。

「那個孩子驚醒了，立刻跳起來。可能是因為受到驚嚇，他破口大罵，又叫又跳，說盡腦海裡所有難聽的詞彙，這樣的情況持續好幾分鐘，孩子都還沒有停下來的意思。那個孩子的爸爸也在場，是一位著名的教育學家，但他幾次嘗試安撫都沒有效果。」

我開始模仿孩子暴跳的動作，模仿他聲嘶力竭的叫罵：「為什麼我這麼倒楣，你有本事把我淋死、冷死啊！你是大海就了不起嗎？不就是一點水嗎？我怕你呀？我……。」

有些聽眾笑了起來，有些聽眾開始和自己的孩子討論遇到類似的情況該怎麼辦，還有些對身邊人說自己也遇過面對孩子時束手無策的情況……。不管是什麼反應，聽眾都已經不再急著吃東西，而是好奇接下來發生什麼事。

在大家的注視下，我緩緩講述了「後來」。

「後來，教練制止孩子爸爸的安撫行為，讓孩子盡情發洩十分鐘左右，沒有打斷他。其他孩子都被吵醒了，一臉詫異看著這個同伴。不知道是因為跳累了，還是因為被同伴看得有點尷尬，慢慢的，那個孩子跳罵的聲音愈來愈小。

「等他徹底安靜下來，教練遞給他一條乾毛巾，讓他將身上的雨水擦乾，並要求他動手撿一些相對乾燥的木板，鋪成一張『床』。

「將『床』鋪好後，那個孩子靜靜躺下了，或睡著，或睜著眼睛看漁寮的屋頂，一夜無話。

「第二天早上，天光大亮時，教練第一個叫醒那個孩子，帶他去看之前他躺的那張床對應的漁寮屋頂。

「原來，那是漁寮內最好的區域，上面還有一層額外的塑膠屋頂，只是雨實在太大，積水重量超過漁寮屋頂的承重力，才會傾盆而下。

「教練對那個孩子說，乘船遠航的時候，難免遇到大風大雨……。他們的對話很長，我只能偶爾聽到一、兩句，其中一段話讓我印象深刻——風雨交加時，三流水手靠咒罵，二流水手靠酒精，一流水手靠意志。」

完美收尾，喚起分享欲與表達欲

故事講完，我停下來環顧四周。

沒有人說話，也沒有人鼓掌，一片安靜。

我停頓了一下繼續說：「那個孩子原本是某公立學校裡出名的調皮鬼、搗蛋鬼，經歷此事後，現在變成學校裡的明星學生。最近，我常在想，最好的教育方式是什麼？那天，教練所用的法寶是什麼？我們可以複製嗎？」

現場頓時熱鬧了起來，開始有些大人七嘴八舌的大聲發言：「我們要接納孩子的情緒」「孩子情緒激動時，最好隨便他發洩」「不要給失控的孩子『火上加油』」……。與此同時，也有孩子在笑鬧，說著：「如果我亂發脾氣，爸爸一定會揍我！」「如果我遇到這種事，就乾脆跳進海裡去游泳！」……。

我笑了，講到這裡，這個戶外旅行故事的真正結尾——滿載而歸的安全返回，結束野營——已經不重要了。聽眾的反應，讓這個故事有了新的主題和新的結尾，真好！

附注——————

16 Charlie Kaufman，美國編劇、導演。

故事力公式 14

隨機應變，掌控氣氛

隨機應變，掌控開場氣氛，拋出故事主題

↓

觀察聽眾反應，隨機應變

1 聽眾反應良好，注意集中，便按原計畫推進故事發展
2 聽眾反應冷淡，聆聽不專注，則重新安排故事結構，增加刺激情節

↓

每三分鐘製造一個停頓、提問，或發起互動

↓

觀察聽眾的反應，繼續隨機應變

↓

進入收尾階段，不要自己結束故事，用聽眾的回饋、提問、討論來收尾

寫下你的故事

模擬不同聽眾的不同反應，為同一個故事主題準備兩個版本的故事。

15 累積經驗，書寫未來

顧冬梅

要完成一本六十頁的書，
在我滿意之前，我可以很輕鬆的寫一千多頁。
對於我來說，最重要的事
就是不斷的重寫、推翻、再重寫、再推翻、潤飾。

——蘇斯博士[17]

夢想和現實的遙遠距離

我從小就有一個夢想，希望有朝一日可以站在舞臺上，成為主持人，享受綻放光芒的感覺。

可是，理想很豐滿，現實很骨感，漫長成長過程中，各種可以站在舞臺上的機會總是與我擦肩而過。

我第一次站上舞臺是什麼時候呢？是已經走過了無所畏懼的青春期，進入職場、開始工作後。那時，年少時初生之犢不畏虎的衝勁已經變淡很多，取而代之的是有些瞻前顧後的緊張、忐忑。

我第一次站上舞臺，是在公司發表一場演講。那場演講的效果如何呢？可以說，我非常想把自己上臺的幾分鐘從大家腦海中刪除，重新錄製。

二〇一八年，我當時所在的公司召開年中會議，有新股東加入。在毫無準備的情況下，我被主管告知得上臺演講，總結、彙報相關工作。得知這個安排後，我立刻緊張得渾身冒汗，手心的汗甚至多到結成汗珠往下滴，心跳加速，都能清晰聽見自己的心跳聲。那次演講，實際講了哪些內容，我完全不記得，只記得一上臺，我便像熱鍋上的螞蟻，臉頰通紅，雙手都不知道該如何安放，講得語無倫次，將在臺下打好的草稿忘得一乾二淨。

從上臺到下臺一共七分鐘，我完全不知道自己怎麼熬過來的，感覺像過了七個小時，漫長且煎熬。

那次演講有不少表達能力極強的同事在場，看到無比失落的我，身邊的同事安慰我說：「沒關係，你是最漂亮的！」

然而，這根本無法安撫我沮喪的心情。

這次活動給我留下了極深刻的印象，我不願意再想起，可偏偏一直難以忘懷，我暗自下定決心，一定要改變自己，爭取更多鍛鍊的機會！

讓夢想的光照進現實

後來，我跳槽進入一家新公司，工作職責裡有主持這一項，生日會、員工表揚大會、年會等，都需要由我負責主持工作。

這是我逼自己進步的方式，既然領著這份薪資，就必須做好這項工作！

入職第一個月，我就被安排主持生日會。雖然已經做好接受挑戰的心理準備，但當挑戰真正來臨時，我還是失眠了。因為尚處於試用期，壓力比以往更大，我愈想愈睡不著，愈睡不著就愈努力強迫自己睡覺，而愈強迫自己，就愈焦慮……，循環往復，似乎陷入一個惡性循環的迴圈。

終於，臨近凌晨，我選擇放過自己，對自己說：「放下，明天再說！」

一天、兩天……，這樣過了幾天後，我始終沒有準備好，壓力大到幾乎吃不消，幾次想放棄，想著大不了再換一份工作。就在這個關鍵時間點，我在手機上看到一部影片，內容很簡單，講了一個如今很多人都明白的道理——每個人都是王者，不是王者就無法來到這個世界上，因為在精卵大戰中，只有最優質的精卵能夠結合，成長為新的個體。神奇的是，這個影片替我注入了一股強大力量，我耳邊好似響起了老公和兒子說過無數遍，但都被我或多或少忽視的聲音：「你可以的，老婆！」「媽媽，你很棒！」

日本知名作家松浦彌太郎有一個人生信念：「與其讀一百本書，不如把一本書讀一百遍。」我深以為然。對於那時的我來說，想迅速擁有驚豔全場的舞臺魅力是不可能的，我只能用最笨的方法，盡快降低自己對舞臺的懼意，穩穩站在舞臺上。

所謂「最笨的方法」，一是認真寫稿，二是反覆練習。

我開始修潤稿子，並反覆練習、調整主持狀態，對著牆練習、對著鏡子練習、對著老公練習、對著兒子練習……。在練習的過程，認真思考哪些地方可以加入互動小遊戲，哪些地方可以補充帶動大家情緒的事例，哪些地方可以更溫馨、更深情等。

終於，有了愈來愈強大的信心後，我勇敢站上舞臺，流暢的完成了主持工作！雖然過程還是有很多不完美、不盡如人意之處，但看到大家紛紛露出開心笑容，我肯定自己的能力和潛力，堅信舞臺並不可怕，我可以做得愈來愈好！

更值得一提的是，經此一事，我的內心強大很多，把練習的過程和成功的喜悅分享給兒子後，我還成了他的榜樣。

及時全盤思考，獲得醒悟

有了幾次真正站上舞臺的經驗後，我開始總結、檢討，發現更多演講、主持中需要注意的關鍵點，比如，除了要將稿子修潤好，還要注意臺風、儀態，反覆練習，加強技能，才能由內而外的展現自信。

在全方位提升自己的過程中，我寫下自己的獨門心法：一是「上臺亮」，要光采奪目，昂首挺胸；二是「表情暖」，要目視前方，熱情洋溢；三是「走臺順」，精神狀態要有自信且飽滿；四是「臺風穩」，要做到頭放正、肩放平，有波瀾不驚的感覺；五是「下臺輕」，要從容安靜，切忌匆忙慌張。

後來，我又主持了公司組織的各項大型活動，比如搬遷活動、年會等，積累了更多經驗，並由此發現，面對不同的舞臺，所需要營造的氛圍是不同的。

主持搬遷活動時，需要關注大家留戀、不捨的情緒，留出處理情緒的時間和空間；主持年會時，需要簡單大氣，輔以詼諧幽默，並且關注在場每個人的狀態。正所謂「臺上一分鐘，臺下十年功」，想擁有完美舞臺，需要學習的太多太多了。

相信大家都聽說過溫水煮青蛙的故事，每個人都有自己的舒適區，我們不一定要「跳出舒適區」，但一定要有不斷擴大舒適區的勇氣，因為長期停留在舒適的環境中，容易懈怠、自我滿足，其實隱藏著巨大的危機。透過對舞臺的追逐，我意識到自己的生活中需要一束光，幫助我更強韌、更勇敢。

時間和努力，能夠幫助我們擁有數不盡的驚喜，從一開始的驚慌失措，到後來的冷靜從容，只要不斷挑戰自己，我們都可以變得愈來愈強大！

附注

17 Dr. Seuss，被譽為二十世紀最卓越的兒童文學家、教育學家之一。

故事力公式 15

時時檢討，逐漸進步

遇到令人焦慮／充滿挑戰／不甚擅長等的
重大挑戰

↓

第一次嘗試結果不盡如人意
出現失敗／難堪／被安慰／被調侃等狀況

↓

鼓起勇氣，挑戰自己，
不斷尋找新的機會／擴大舒適區……

↓

及時檢討，逐漸進步，心態也慢慢好轉

↓

總結經驗，獲得醒悟

寫下你的故事

套用前文的公式，寫一篇因為及時總結、檢討，得以成長的故事。

PART 3
昇華自己的故事

第六章

將聽眾融入故事

16 說故事的音調

李燕

聲音能引起心靈的共鳴。

——威廉．古柏18

迎接挑戰前，心慌意亂

夜深了，萬籟俱靜，可是我的內心嘈雜一片。明天是全國加盟諮詢師的首次大會兼集訓，這兩天各地的諮詢師紛紛從四面八方趕來。

我做為諮詢師的線上聯絡人和本次活動負責人，幾天前就開始焦慮，飯吃不下、覺也睡不好。大會流程已確認無誤，本來應該放鬆心情，靜待活動開場，但我對於要當眾講話這件事實在太過焦慮了，因為我一向習慣埋頭默默做事，不願意當眾講話，偶爾碰到必須發言的時候，總是推舉其他夥伴上場。

但這次活動我逃不掉，因為所有事項都是由我統籌，只有我瞭解全部情況，所以我不僅要負責跟進流程，還要做一個開場發言。

公司很重視這次活動，本國和外資的主管都會出席，幾位專業督導也在，要在這麼多人面前發言，除了不能出錯，還要保證精采，難度不小，特別是對於我這個不善於當眾講話的人來說，更是極大的挑戰。

回憶失敗，畏縮不前

為什麼會如此焦慮？因為說到當眾發言，我有過慘痛教訓。

在我任職的公司裡，新員工入職後都會進行各種類型的試講，比如培訓課程試講、產品介紹試講等。

我在進行第一次培訓課程試講前準備了很久，自以為準備得很充分，但是上臺後，看著整個坐滿了主管和同事的房間，不由得緊張到雙腿發抖，大腦空白，講著講著，聲音愈來愈小。

在試講的後半段，看到坐在臺下的主管居然打起瞌睡時，我完全喪失鬥志與信心，只想快點逃下臺。

我的試講結束之後，現場眾人的回饋是聲音太小，講述的內容寡淡無味，不夠吸引人。

雖然後來我一直在學習演講技巧和發聲技巧，但主管在臺下打瞌睡的情景一直在腦海中揮之不去，讓我極其害怕當眾發言。

眼看明天活動就要開幕了，我既焦慮，又急躁。

緊張到快要崩潰的時候，逃之夭夭的念頭再次閃現，我不禁想，乾脆讓善於發言的同事來做這個開場發言，我負責提供講稿就好，這樣一想，心裡立刻有了人選。

因為好像找到解決方案，我的心情逐漸平靜下來，趕緊發訊息給最近一直聽我抱怨、擔心我的朋友，告知這個決定。

落落大方，侃侃而談

不久，我收到朋友回覆的訊息，但內容卻是一則故事。故事寫著，有一個十分優秀的女孩被美國著名大學錄取了，沒想到辦簽證時被大使館駁回好幾次。

她帶著困惑找到一家諮詢公司，諮詢顧問請她說明被駁回的情況，她點點頭，低眉垂眼、細聲細語講了起來。很快，顧問打斷了她的講述：「不用說了，你的問題，我已經找到了。」

顧問給了建議：挺胸抬頭，目光平視，大聲說話！

後來，女孩按照顧問給的建議進行反覆練習，再次面試時，她落落大方，侃侃而談，順利拿到了簽證。

看完這則故事，我翻出自己試講時的影片資料。

影片裡的我，雙肩內縮，目光閃爍，聲音細細的、弱弱的，語調平板，而且語速特別快，有些話沒講清楚就被我含糊其詞帶過去了，整個人似乎隨時準備要逃跑，顯得很沒有自信。

我好像知道當時那位主管在臺下打瞌睡的原因了。

氣沉丹田，控制語速

俗話說，聲如其人，給人留下的各種印象中，「聲音」是最直接的，也往往是最令人印象深刻的，我們常常根據一個人的聲音對這個人做出初步判斷。

我羸弱的聲音和缺乏自信的狀態互為驗證，形成惡性循環，不斷強化自己沒有能力進行當眾發言的結論。

要想有所突破，就一定要打破這個惡性循環！

所以，不要逃避，就用明天的開場發言挑戰自己、證明自己吧！

第二天，看著臺下黑壓壓的人群，我深吸一口氣，邁步走上舞臺。

挺胸、抬頭、氣沉丹田、放大聲音、控制語速，清楚說出每一個字。

這場集訓大會圓滿成功，會後同事都主動來讚美我：「你講得真好，整個人好像在發光！」

讀完這個故事，你是否也有所觸動，或者得到某種鼓舞呢？

其實，有時候，做出改變並不需要破釜沉舟的決絕，只要留意你的音量、語調，就能改變發言或講故事時的狀態和聽者的感受，讓說出去的話，獲得更好的效果。

附注

18 William Cowper，英國詩人。

故事力公式 16

勇於改變，突破瓶頸

因為性格弱點（內向／膽小／沒自信／易怯場等）屢屢受挫

↓

面對挑戰（社交需求／當眾發言／承擔某種責任等）裹足不前

↓

因一個故事／一段話／一個獎勵等得到鼓勵／激勵

↓

決定做出改變（充分準備／請教他人／多加練習等），邁出突破自己的第一步

↓

成功獲得改變（變得大方／不再怯場／更加自信等），總結經驗，提升自己

寫下你的故事

套用前文的公式，寫一篇自己透過努力，成功突破瓶頸的故事。

17 說故事能夠關照情緒

曾瀛葶

故事能夠幫助人們克服巨大的障礙（包括內在或外部），進而達成預期目標。

——理查德・克萊沃寧[19]

平靜日子，情緒暗湧

在很多人眼中，那是尋常的工作日，但我知道，那一天不會平靜。做為部門主管，每週一我都要參加部門工作會議，例行接受各項事宜的傳達，但那個週一的例會議程不同於往日，一切其實早就有跡可循。

在產業發展呈下滑趨勢的背景下，業內人人自危，幾個月前，在全員大會上，部門大主管給了各種明示、暗示，傳達公司將精簡人員、並且將更重視業績的訊息。還好，在業績具有決定性作用的情況下，只要努力提高業績，一切都有希望。

到了季末，大家完成業績衝刺，取得不錯成績，業績高於期望值，都鬆了一口氣時，沒想到新季度的第一天，部門大主管告知大家，整個部門將進行戰略重組，他本人已經準備離開公司了。

得知此事，辦公室內一片譁然，部門大主管趕緊安撫大家，表示他選擇離開能夠精簡員額，降低人力成本，其他同仁只是會被重新編制，工作內容大致不變，不需要擔心。眾人聞言一陣唏噓，有佩服、有不捨、有感嘆，更有虛驚一場的慶幸。

部門大主管走了，部門內並不平靜，每天都有完全不同的消息傳來，危機四伏。世間事向來如此，資訊愈不透明，遇事者愈難以產生信任感和安全感。

精簡人員的第一槍響起後，部門成員都在忐忑等待著其他消息，在這個過程中，有人嚴重失眠，凌晨三點留言給我；有人過度焦慮，凌晨兩點打電話給我；還有人繞著七、八個彎，到處找人打聽消息……，都是上有老、下有小的中年人，甚至超過半數是年資十年以上的老員工，辦公室內像是充滿氫氣，人人無心工作，似乎只要有一點火星，就會瞬間爆炸。在這樣的情況下，我處在風暴中心，不得不積極為大家尋找答案。

幾天後，我得知公司決定將架構扁平化，管理層要率先離職，我名列其中，團隊成員則可以留下，調整工作內容，進行轉調部門分流，視後續公司經營情況再做進一步安排。

有時候，知道愈多真相愈痛苦。

我一方面對於自己一直業績優異卻難逃脫被「精簡」的命運感到委屈，另一方面擔心這些消息會對大家原本就起伏不定的情緒火上澆油。在這樣的氣氛中，我著手準備召開例會，硬著頭皮去做那一點火星——可能為大家照亮心靈之路，也可能會被大家的情緒炸成碎片。

我能考慮的時間不多，而人在壓力之下，根植於潛意識的行為習慣和理念會自然而然跳出來主導行為選擇，我決定與大家坦誠相對，客觀告知現實情況，理性面對原因，坦然接受所有情緒，專注當下事務，放眼長遠利益，在信任的基礎上給予大家希望和力量。

點燃情緒，化解危機

例會開始了，在所有人焦灼的目光中，我講了一個很久以前的故事。

「那是某季度的最後一天，李姊的行程比平日更加繁忙，查核季末業績衝刺進度、批覆價格、審核合約條款、召開下一季的工作會議、核算下一季的預算、安排下一季市場活動……。那天，她像陀螺轉個不停處理各項事務，忙到沒時間吃午餐、晚餐。

「晚上八點多，我去李姊的辦公室找她緊急審核一份合約的特殊條款，當時，她還在和財務負責人講電話，處理應收款項事宜。見我找她，便示意我在旁邊等待。李姊結束通話，處理我帶來的問題後，用手指著辦公桌上的仙人掌盆栽問：『你喜歡這盆仙人掌嗎？送給你吧！今天是我在這家公司工作的最後一天，月底太忙了，下週我再找時間請大家聚聚。』

「我一愣，腦子一片空白，不敢相信這是真的。一切都太突然了，毫無預兆。雖然離任和繼任毫無空窗期是公司慣例，但是我們竟然絲毫沒有從李姊的工作狀態看出來，明天她就和這個公司、這個部門這些讓人又愛又恨的業績壓力完全無關了。

「帶著滿頭問號機械式處理完當天工作後，我特地留下來等她下班。當天，我們離開公司時已經是晚上十一點多了，一身疲憊，也一身輕鬆，一切都和尋常的季末一樣，除了她多拿了一個袋子，裝著打包回家的私人物品。

「我一向很信任李姊，兩人的私交也不錯，便直言不諱的說：『你都要離職了，怎麼還忙成這樣？白天開會時，你又和其他部門的負責人據理力爭了吧？何苦呢？』

「她聽後，停下腳步，轉頭看著我，一字一頓的說：『我今天還在這個職位上，就要認真完成這個職位的工作，因為今天我也是領薪水的。記住，口碑是自己打造的，建立需要好多年，毀掉只需要一件事。職場上，大家的才能差不多，經驗也會逐漸趨向一致，最終發展如何，跟口碑有很大的關係，要看得長遠些。無論在哪裡，人們總是欣賞和尊敬認真負責的人。」

「我直到現在都記得，李姊是在公司樓下大廳裡說這些話的，夜深了，大廳的燈只亮了一半，有些昏暗，但是她的認真自帶光芒和氣場，眼睛炯炯有神。我讀懂了她的認真，聽懂了她的堅持，也將那個片刻記入腦海，久久不忘。

「事後我才知道，其實李姊離職並非愉快的決定，但她用行動詮釋了她的專業和責任心。或許正是因為如此，幾年後，她被高薪聘回，接任更高職位。

「往後，在職業生涯中，我每次離職，包括休產假，都會工作到最後一刻，絕不『摸魚』。這不是被強制要求，而是一種習慣和模仿。這些年，我在同行內換過幾家公司，幾乎沒有在求職平臺上發過履歷，甚至有些公司是破格『回鍋』（離職後重新加入），靠的多半是口碑。

「我講這個故事是想告訴大家，職涯道路很長，工作圈子很小，企業會給情緒穩定、有大局觀、有責任心的人加分，這就是口碑的力量，比起一有離職之心就『摸魚』、應付差事的員工，始終認真的員工看起來不聰明，但是實際上有大智慧。」

講完這個故事，我才告訴同事們，在這次調整中我會離職，但是我一定會如故事中的李姊，做好最後一件事，包括工作交接，以及對下屬的安排。

此外，我還告訴大家，會有這次變動，不是因為我們做得不好，也不是因為我們的能力有問題，上個季度我們團隊的表現突出，替公司創造了高收益。只是，公司決定做戰略重組，為了更能應對市場變化，許多人會面臨調職，調整工作方向。這是為了讓更多人更好的生存下去，不要抱怨，因為不確定性是這個時代的特色。如果情況突變，有更多同事打算離職，我會盡自己的能力幫忙介紹新工作。

在這次例會上，同事們的負面情緒沒有爆發。

釋放情緒，轉為自信、樂觀

會後，很多人告訴我，他們這麼多天的焦慮全部都在這次例會中釋放了，真的很感激我。

我很欣慰，雖然所做的這一切對我來說都很艱難。

其實，我可以選擇傾吐自己的委屈、困惑，尋求共鳴，同時徹底放下對這裡的責任，但我慶幸自己沒這麼做。正如後來公司總裁對我說的，時刻保持正能量是不切實際的，因為人都有失落的時候，但是，百轉千迴後，我們仍然可以選擇樂觀、自信，那才是更穩定的正能量，那個力量是無窮的、無敵的。

附注

19 Richard Krevolin，美國作家兼編劇。

故事力公式 17

關照情緒，賦予正能量

事件序幕

挑戰到來，即將發生不好的事情或難以預測的後果

↓

沮喪低落

主角狀態不佳，描寫行為表現／心理活動／語言

↓

找回能量

主角透過各種管道（回憶／經驗／知識／教訓）獲取力量

↓

傳播能量

講述正能量故事，帶給大家正能量

↓

積極面對

故事發揮影響力，事情開始往好的方向轉變

寫下你的故事

套用前文的公式，寫一篇因為適度控制了情緒，使事情往好的方向發展的故事。

18 說故事的肢體語言

吳嘉華

在人們進行語言交流的時候，
百分之五十五的資訊是透過視覺傳達的，
如手勢、表情、外表、妝容、肢體語言、儀態等；
百分之三十八的資訊是透過聽覺傳達的，
如說話的語調、聲音的抑揚頓挫等；
只有百分之七的資訊來自純粹的語言表達。

——「55-38-7法則」

肢體語言，帶動現場渲染力

現代社會生活天天在交流、事事要協調，溝通與表達已然成為現代人的必備技能。

在我看來，有效溝通的關鍵在於「同理心」，只有在聽眾能夠聽得進、聽得懂，並且有感覺的時候，溝通才有可能達到理想效果。

如果只是表達者在進行單方面輸出，聽眾根本沒感覺，那充其量只能算是表達者的「自嗨」。

有效溝通，正如「55-38-7法則」所說，百分之五十五來自外表與肢體語言——講求「現場渲染力」；百分之三十八來自語音語調——講求「情緒表達力」；百分之七來自內容——講求「邏輯思維力」。

讓有邏輯的內容透過有感情的語音語調呈現，並使用到位的肢體語言進行渲染，如此一來，不管是表達者還是聽眾，都可以有效獲得即時回饋，讓表達者想表達的內容或故事產生迴響。

手勢，吸引目光

光講述理論，可能有些抽象，接下來，我為大家分享一則演講，來自集著名歌手、米其林之友、影帝級電影人、企業家等多個身分於一身的謝霆鋒，演講名為「鋒味人生」。

在我看來，這場演講是對「55－38－7法則」的充分詮釋。

現在中國有十幾億人口，每人給你一塊錢，你都可以發達。

這個是近幾年很多人和我說的一個概念，告訴我不用想這麼多，不用做得那麼辛苦。不可以這樣想的，不可以這樣想的！

大家可能忘記了，我是帶著「觀眾的噓聲」出道的。每次演出完，走下舞臺，我的經紀人都是在哭的……。不是一年，不是一次，十六歲、十七歲、十八歲、十九歲，整整四年都是這樣，直到十九歲末，我才得到觀眾真正意義上的第一次掌聲。

But, that's life.

你要堅持。你想不想成功？我相信，你想！但是你不能只是想，你要做！你要做出來！

所以，我要做音樂，我要做到很有成就；做電影，我又要做到令所有人覺得我是可以的！

所以，我相信「跨界」最基本的一個條件，就是你的決心！

因為，你想要跨界的話，不是試試就算了，不是試試就走了，而是要奮不顧身去試！

我由做音樂到拍電影，始終說一句話：「我要所有的危險動作都是我自己做完它！」

其間，我斷過多少根骨頭，我不和你說；我媽和我老闆罵了我多少次，我不和你說；我和成龍大哥從高處翻了多少個跟頭，只為了那兩秒的成片，我不和你說……。

所以，跨界是要奮不顧身、全力以赴的！不是老闆罵我幾句，我就要走了；不是那邊給我多兩千元薪水，我就要走了。

你要堅持！不僅要堅持，你還需要練習！

就以拍電影來說，那些危險動作，如果因為你的某個失誤而出現危險，你危害的不僅是你自己，還有其他人！所以，你必須練習，我是有練的。

……

但是不要怕，不要怕嘗試，不要怕被人笑。因為，不是看以前，而是看以後，進步就得了。

——節選自謝霆鋒於「創科博覽二〇一七」演講「鋒味人生」

「鋒味人生」演講影片

演講過程中，他時而加快語速、目光向下，伴隨著指尖的指指點點，說著那句：「每人給你一塊錢，你都可以發達。」讓聽眾感受到那些人說話時的狀態和他對於這些話的不認同。

時而提升語調，眼神真誠又堅定，握起拳頭說出那句：「你要堅持。你想不想成功？我相信，你想！但是你不能只是想，你要做！你要做出來！」讓聽眾感受到他出道初期「不被認可」的經歷帶給他的不服氣，以及清楚要改變就必須做出成績來的決心。

時而放慢語速，雙手攤開，輕輕側頭，語重心長說出那句：「但是不要怕，不要怕嘗試，不要怕被人笑。因為，不是看以前，而是看以後，進步就得了。」讓聽眾感受到他的坦然，感受到他歷經磨礪後的成長，以及為大家送上建議時的真誠。

模仿高手，方能慢慢進步！

互動，產生感染力

有感染力的肢體語言並非刻意設計，而是源於真實情緒，在生活、工作中，肢體語言大多是在說話過程自然出現，使得傳遞的資訊更具說服力。而且，肢體語言更具互動感，能夠透過眼神、手勢、行動等多方面，讓聽眾獲得即時回饋，產生更強大的共鳴。

就像謝霆鋒這場演講，觀看過程除了被其對語言、邏輯、聲調、語調等做的得體處理吸引，他用肢體語言傳遞的真誠、幹練、深化故事情節，更能讓聽眾與他共鳴。這一點，是所有表達者都應該學習的。

附注

20 也稱為麥拉賓法則（The Rule of Mehrabian），這個溝通法則出自美國心理學家艾伯特．麥拉賓（Albert Mehrabian）的研究成果。

故事力公式 18

融入肢體語言，提高故事感染力

找到最讓自己有感觸的故事，
確定故事主題和發展方向

↓

找到引發共鳴之處，誘發思考

↓

融入肢體語言（手勢／表情／
動作等），提高故事感染力

↓

輸出醒悟，獲得共鳴，
故事得以昇華

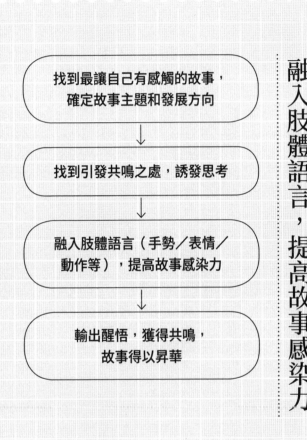

寫下你的故事

套用前文的公式，寫一篇因為適度使用肢體語言而引發聽眾共鳴的故事。

第七章

用故事創造新故事

19 編排轉折，創造意外結局

劉靜

凡人之患，蔽於一曲，而闇於大理。

——《荀子．解蔽》21

好學生做壞事？

「老師，外面有人找您。」坐在教室門邊的學生舉起手，打斷我正在檢核的背誦功課。我回過頭，站在教室門口的是拿著檢查簿的舍監阿姨，我心想昨晚住宿生一定又闖禍了。

「昨天晚上，你們班男生宿舍的房門被反鎖了，大家出門洗澡後都進不去，在走廊裡吵鬧了好久。後來，請鎖匠大老遠趕來，十點多才打開門鎖，這種反鎖門的行為實在太糟糕，你一定要追究！」舍監阿姨氣憤的告狀。

「對不起，阿姨，給您添麻煩了。您知道反鎖門這件事是誰做的嗎？」我一邊道歉，一邊詢問細節。

「不知道。我們都懷疑是吳小剛，但他不承認。你可得仔細追問、好好教訓，做出這種事情實在太過分了！」

吳小剛？這個學生給我的印象太深刻了，學習成績很好，但人緣不太好，上學年就有不少學生和老師向我反映他的問題，說他自私自利、尖酸刻薄。唉，難道不能品學兼優嗎？我轉身回教室，什麼也沒說，只是目光嚴肅的看向他。這一眼，加重了我的懷疑，他果然心虛，目光閃躲！不過，謹慎起見，我決定先深入瞭解事情經過再說。於是，下課時間，我先找另一個住宿生到走廊去。

實話或謊言？

「昨天晚上宿舍房門反鎖事件，到底是怎麼回事？」我開門見山、直截了當的問那名住宿生。

他詳細彙報整個過程，最後，斬釘截鐵的說：「老師，不用再查了，這件事一定是吳小剛做的，他以前就玩過宿舍門鎖。」

「好吧，那你去叫吳小剛來。」見相關人員眾口一致指控吳小剛，我嘆了一口氣，決定直接和他聊聊。

吳小剛走出教室時，我看到很多同學偷偷摸摸湊到窗戶旁，像是在偷聽。

「昨晚到底是怎麼回事？」我清了清嗓子，冷冷的問。

於是，我第三遍聽到同樣的故事，不過這次故事的結尾變了：「不知道是誰做的，反正不是我。」吳小剛抿著嘴唇，一臉倔強。

我盯著他看了幾秒，他裝作滿不在乎的東瞧瞧、西看看，就是不跟我對視，也沒有再做更多解釋。僵持中，上課鈴響了。沒有證據，我暫時不能直接處罰他，便退後一步，說：「你先去上課，這件事回頭再說。」

我去機房調看宿舍走廊的監控影片後，回到辦公室，打算理清思緒，卻沒想到一波未平、一波又起。下課鈴剛響，班長跑來報告：「老師，吳小剛和另一個住宿生小周打起來了！」

我匆匆跑進教室時，打架的兩個人已經被拉開，但是他們一左一右站著，就像鬥雞仰著脖子，怒視對方。

「你們兩個跟我去辦公室。其他人都回座位，好好準備下節課。」我呼了一口氣，迅速驅散看熱鬧的學生，帶著這兩個讓人煩心的搗蛋鬼，離開亂哄哄的教室。

「說吧，為什麼動手？」回到辦公室，我開始調查事情起因。

「他誣賴我！」吳小剛的眼眶紅紅的。

「肯定是你惡作劇，你不只一次這麼做了！」小周一臉大義凜然。

「小周！」我打斷他，「你有確切的證據嗎？沒有證據時，除非肇事者主動承認，否則我們不能僅憑主觀印象判斷一個人的是非對錯。」說著說著，我突然感覺有點心虛，其實我的潛意識裡，也斷定此事是吳小剛所為了。

「如果有證據，就拿出來給大家看看。」我努力把偏見放在一邊，再次強調證據的重要性。

「我沒有證據，但是知道他以前做過類似的事情。」小周滿臉不屑的說。

「我承認，以前是玩過宿舍門鎖，但這次真不是我做的！」吳小剛急得眼淚都流下來了。

「真會演，還好意思哭呢！老師，你相信他嗎？」小周不依不饒的說。

「會不會是誰不小心把門反鎖了？」我沒有否認小周的懷疑，但也不想冤枉吳小剛，轉而猜測第二種可能性。

「不可能，想將門反鎖，得用力按鎖扣才行。」吳小剛搖搖頭，言之鑿鑿的說，一看就是真的研究過那個鎖。

「昨天晚上，在門被反鎖之前，有沒有別班學生去你們宿舍聊天？」我又提出新的可能性，希望肇事者另有其人。

「有，但人家是來通知我們今天數學課需要帶圓規和量角器，說完就走了，不可能反鎖門。」小周否認了我的猜測。他的判斷有道理，誰會那麼無聊呢？實在讓人頭疼！

「算了，你們先回去上課，我再想一想。別打架了，事情總會水落石出，如果一直沒人承認，我就只能透過驗指紋追查肇事者了。」我一邊說，一邊若無其事觀察了一下吳小剛的神情，沒有緊張和異常。

洗刷冤情，真相大白

晚自習結束後，我親自把這群住宿生送回宿舍，並查看了昨天的事發現場。掌握基本情況後，我轉身下樓，然而還沒等我走出宿舍大門，吳小剛就追了過來，一邊跑，一邊喊：「老師，老師，隔壁宿舍的門也被反鎖了！他們剛回來，據說離開時門是打開的，回來就進不去了。這中間只有舍監阿姨進去檢查過整潔，難道是舍監阿姨反鎖的？」

「別胡說！」我趕緊制止他，跟著他往回走。被反鎖的宿舍門口，舍監阿姨正在納悶，一副百思不得其解的樣子。大家一邊猜測，一邊等待。等鎖匠趕來開了鎖，又反覆查看出問題的門鎖後，真相大白——門鎖用久了漸漸老化，這兩天風大，風一颳門就被大力關上，造成鎖扣滑落，意外將房門反鎖。

「師傅，那昨天晚上，我們宿舍的門被反鎖，是不是同樣原因？」吳小剛急忙問。

鎖匠走進他們宿舍，用手撥弄門鎖幾下，認真答道：「應該是同樣原因，你看，我隨便動了動門鎖，並沒有用力按鎖扣，門就被反鎖了。」

聽到鎖匠的判斷，我一直懸著的心終於放下了，同時感到慶幸，還好我堅持尋找證據，沒有和大家一樣輕易將吳小剛「定罪」。一回頭，我看到小周拍著吳小剛的肩膀，滿臉不好意思的說：「沒想到，真的冤枉你了。」

吳小剛換上了那副滿不在乎的表情：「沒關係、沒關係。」

請鎖匠替所有宿舍房門換了新鎖，我離開了宿舍大樓，渾身輕鬆。

摒棄成見，故事更圓滿

如果不是隔壁宿舍的門也被反鎖，吳小剛也許還會被大家冤枉一天、兩天，甚至更久，而這些不信任，不知道會帶給他怎樣的傷害，由此可見，偏見是多麼可怕的一件事。

每個人對身邊的人都有自己的印象，如果對方曾經犯錯，偏見或成見很難徹底消除，而當被固有的偏見或成見占據內心時，我們很難客觀判斷事情真相，不願聆聽對方的解釋、說明，不少誤會因此累積。

看完剛剛的故事，大家可以借機反思一下，提醒自己，時刻避免偏見、成見帶來的負面影響，回歸事件本身。

這樣的故事，或許更加真實，也更加圓滿。

附注

21 出自《荀子．解蔽》，蔽即蒙蔽之意，而解蔽就是克服蒙蔽，全面認識事物，《荀子．解蔽》是荀子闡述認識論思想的重要文章。這段話的意思是人往往都有惑於枝節問題而看不清大局的毛病，警惕人們看問題要全面，不要拘泥於片面的成見。

故事力公式 19

故事幾經轉折，出現意外結局

鋪墊故事背景

發生一件讓人意外或驚喜的事情

↓

拋出成見，引導故事走向

憑藉過去的經驗，猜測事情的真相應該是……

↓

刻劃衝突轉折，引人好奇

隨著真相浮出，事情往好或壞的方向轉變

↓

安排意外結局，完美收尾

真相大白，實際情況是……

寫下你的故事

套用前文的公式，寫一篇幾經反轉，最後結局與最初預期不一樣的故事。

20 敘寫過往，引出弦外之音

趙俊雅

每個人都應有接納與寬容之心，
但也要學會拒絕。

——賈平凹22

初入職場的「便利貼女孩」

「怎樣才算是一個成熟的人呢？」

「我覺得，成熟的人應該有全面性的思維、穩定的情緒、堅定的意志，並且會好好愛自己、愛生活。文莉，你就是我眼中的成熟女人！」我一邊說，一邊緩緩放下手中的湯匙，目光從餐桌移到朋友文莉身上。

眼前這位從容且優雅的女士抬起頭，目光交會時，我們都微微笑了笑，輕輕碰杯。不自覺的，我又想起她曾經對我講過的個人職場逆轉故事。

曾經的她，是一個不懂如何拒絕的「好好小姐」，也就是電視劇「命中注定我愛你」受到熱議的「便利貼女孩」。誰都沒想到「當好人」的觀念不但沒替她帶來任何尊重，反而讓她生了一場大病。不過，正是那場大病，讓她改變了很多，也成熟了很多，逐步蛻變成現在的她！

接下來，我們一起來聽聽她的故事。

不會拒絕，帶來麻煩

我的第一份工作，是任職於某企業總部的培訓專員，負責企業旗下一百多家店面的培訓工作。

某天下午，A店經理臨時向我提出了一個緊急培訓需求，要求我當天完成課程開發，次日早上到A店面進行現場授課。這件事情本身並沒有什麼問題，也在我的職責範圍內，但不巧的是與我先前的工作安排衝突。一方面，礙於上下級的關係，我不便推辭；另一方面，「好好小姐」的聲音在心裡作祟。我遲疑了一下子，最終決定自己咬牙克服。

不會拒絕的結果，是我加班到次日凌晨五點，才準備好新課程培訓資料。在床上短暫瞇了一個多小時後，我便緊張的起床刷牙洗臉、出門搭車赴A店進行現場培訓。

培訓結束後，A店經理叫住我。本來以為我通宵熬夜加班完成任務，會獲得他的感激和好評，沒想到他一臉不滿對我說：「你講的課倒是沒什麼大問題，但下次能不能有點精神？你昨天晚上是不是熬夜打遊戲了？氣色有夠差。年輕人不能這樣貪圖享樂。」

就這樣，我第一次通宵加班，換來的不是感激，而是誤解。

如果說不會拒絕主管，會讓自己偶爾加班、偶爾委屈；那不會拒絕同事，給我的職場初期生活帶來數不清的麻煩。

我原本以為，凡事多為別人著想、不輕易拒絕是有教養、有禮貌的表現，沒想到，這樣的我成了大家的「萬能小天使」、「免費勞力」。無論大事小事，同事似乎把找我幫忙當成理所當然的事，每天我不是在幫這位同事做表格，就是在幫那位同事剪影片，忙得團團轉。雖然疲憊不堪，但我常常這樣自我安慰：「年輕人多做一點事情沒什麼，這樣才能在職場中獲得良好的人際關係呀！」

就這樣，我工作的第一年，加班時數累積起來居然高達四十幾天！

失去健康，幡然醒悟

事實證明，人的精力是有限的。

因為長時間處於高強度的工作狀態中，某天早晨我突然一直咳嗽，還發燒至三十八度，而且連續五天去三家醫院檢查、服藥後，仍然無法降溫。最後，經醫生再三檢查後，確定我是因為疲勞過度，免疫力下降，細菌感染了右下肺葉，發展為肺炎，需要立刻住院治療。

在住院的十幾天裡，胸口很痛，每呼吸一次，就劇烈的痛一次。

父母和閨密們輪流照顧我，我也努力配合治療，想著快點養好身體，趕緊出院、上班。

然而，諷刺的是，當我心繫公司，不斷發訊息和同事討論工作時，我收到的訊息除了「某某檔案在哪裡？」「你什麼時候回來呀！」，居然沒有一條嘘寒問暖、真正關心我身體狀況的訊息。

我所以為的職場友情隨著這一場病，蒸發殆盡。

我不禁問自己，這是我想要的人情冷暖嗎？我為了這些虛有其表的友情，這樣對待自己，真的值得嗎？

在病情最嚴重的那些夜晚，我能清楚感受到每一次呼吸帶來的痛。那是來自胸口隱隱的痛，讓我整夜失眠。

學會說「不」，換來尊重

出院後，因擔心休養時間過久，影響工作進度，我選擇立刻回公司上班。

同事看到我，紛紛湊了上來，帶著微笑關心我的病情。他們說了什麼，我現在已經不太記得，因為關心的話語一閃即逝。

但我記得所有的對話歸結於這樣一句話：「回來就好，我這裡有一件事要麻煩你……。」

「嗯……，不好意思，我現在身體還沒有完全康復，醫生說要多休息。我怕耽誤你的事，這次就不幫忙了。」我自己都沒想到，拒絕的話會脫口而出，而且如此順暢。

「哎，你來啦！能不能幫我看一下我新做的表格有沒有問題？我已經把表格寄到你信箱了。」剛送走一批同事，新的「求助」又來了。

「不好意思，經理安排我今天完成某某店的培訓資料統計，我可能沒時間幫你，你自己檢查一下好嗎？」順勢，我又拒絕了一個總是說「幫我看一下」，結果每次都耽誤我一個多小時的同事。

說完這些話，我由衷為自己鼓掌！

我之前從來不知道，原來我也會拒絕別人，而且能拒絕得無比流暢！我之前也從來不知道，原來有理有據的拒絕別人，其實自己並不會感到內疚，反而那一刻，我滿替自己驕傲的。

病假後上班的第一天，我拒絕了很多人。意外的是，當我說出拒絕的理由後，我在他們的眼中看到的並非不快、憤怒，而是理解、瞭然，我甚至覺得還有一絲「尊重」。

那一年，那一次，我學會了拒絕，讓自己更加從容、自由。

表達自我，引發同理

我朋友文莉的故事，到此告一段落，看著眼前行為舉止得體大方、為人處世成熟穩重的她，我依舊記得那段她自我破繭的日子裡，從黯然到堅定的眼神、從自我懷疑到自帶光芒的身影，一切都讓我深刻意識到：學會拒絕，才是一個人真正成熟的表現。

與其責怪對方的不理解，不如主動表達自己的看法、說明自己的情況，給對方「同理」的機會，更能達成一致。

學會創造同理的機會，學會拒絕虛偽、拒絕憎恨、拒絕膚淺、拒絕瑣事，讓生活更純粹、人際交往更自在、故事也更精采！

附注

22 本名賈平娃，出身陝西的知名作家。

故事力公式 20

喚起同理，開創新局

鋪墊故事背景

我曾經……

↓

插入偶發事件，點出改變契機

後來／有一天，我……

↓

經歷挑戰，故事轉向

在這個過程中，我經歷了困難／衝突／阻礙／挑戰……

↓

學到經驗、領悟道理

這讓我意識到……

↓

獲得成長

從此以後，我能夠更加自在的與人相處

寫下你的故事

套用前文的公式，寫一篇從不知所措、猶豫掙扎，到與自我、與身邊人和解的故事。

21 傾聽，讓別人說故事

李燕

在他人心中，我是談話高手。
事實上，我只是善於傾聽，
願意聽他們吐露自己的心聲。

——卡內基[23]

明知山有虎，偏向虎山行

走進這座四四方方的大廈的瞬間，無形壓力撲面而來。空曠大廳裡，佇立幾根深灰色的大理石柱子，反射著冷冷的光。

領路的祕書一言不發，全程只留下高跟鞋踩在地板上的「喀喀」聲，我的心不由得一點一點縮緊。

這是某大企業位於北京的總部，他們買了我們公司的一整套服務專案。雖然已簽了合約，但在後續討論專案的具體內容和執行細節方面，阻礙重重。

阻礙主要來自客戶公司負責推進此專案的吳總，他細心又挑剔，總是能抓住一些意想不到的點進行追問，並且會因為對一個細節不滿，否定我們提供的整個操作方案。

我們公司涉及這個專案的各個負責人，差不多已經分批、分期來和這位總監討論過，有的甚至來了不只一次。一提及此事，大家叫苦不休，都說表面上是來討論專案，實際上是一遍一遍的來被對方刁難。

今天，輪到我了。

陷入僵局，橫生變數

推開門的一瞬間，我不禁在心中感嘆，這位吳總的辦公室真是太「乾淨」

了！偌大的辦公室裡，看不到一件沒用的東西，「眼裡容不得沙子」的行事作風和「無情」的性格特點，展現得淋漓盡致。

我一邊懷抱著不安情緒，一邊給自己加油打氣，畢竟來討論專案之前已經做了萬全準備。

一開始，方案介紹在我控制的節奏中有條不紊進行著，還算順利，吳總聽得很認真、很專注。但是很快，吳總的臉色愈來愈嚴肅，時不時在筆記本上寫著什麼。

「這個方案完全行不通！」聽完整個方案，他嚴肅的說道，「有十個問題，請記錄一下。」

接著，十個問題被他一個一個拋出，其中有的確實可以按照吳總的意見進行調整，但是最核心的那個問題，如果按照他的意見調整，會大幅度提高我們公司的營運成本。我迅速心算了一下，在目前合約訂定的價格上，絕對不可能有進一步調整的空間。

對於這一點，我直言相告。

「如果按照目前的方案運作，員工的感受難以預期，整個服務專案的效果不會盡如人意，這將影響次年續約。」吳總冷靜的說道。

對話陷入僵局。

利用觀察，打破僵局

在難熬的沉默中，我注意到吳總一塵不染的桌面上放了一張照片，照片裡是一隻憨憨的大橘貓。這張橘貓照片的存在，為整潔到有些冰冷的辦公室添了一絲溫暖。

「好可愛的貓！」為了打破令人尷尬的沉默，我開口道。

聽到我的話，吳總目光微側也看向照片，隨後輕輕「嗯」了一聲，說：「是很可愛，可惜……牠已經過世了。」

「啊？我很抱歉！這是……什麼時候的事呢？」我有些意外，不自覺順著這個話題聊了下去。

「有好幾年了。」吳總沉聲回答。

「您對牠的感情一定很深吧？直到現在都還擺著牠的照片……。」我的聲音中也染上一絲惋惜。

聽到這話，吳總似乎有所觸動，他拿起照片，擦了擦，緩緩的說道：「不只這一張，來，我給你看看牠更多照片。」

吳總打開手機，翻出相冊，一張又一張，給我看那隻橘貓的照片。照片很多，看得出是在牠成長的各個時期拍攝的，被細心的分類保存至今。這隻橘貓並不是多麼名貴的品種，但身上有一種安然自若的氣質，一看就知道被主人照顧得很好。

「看起來，牠對您來說非常重要。」我說。

「沒錯，牠是我的朋友，也是我的家人！」吳總不再像剛見面時那樣拒人於千里之外，他開始主動講述自己小時候和橘貓相伴的往事。

透過他的敘述，我瞭解到，在他的童年時期，父母工作很忙沒空陪他，那些苦等父母回家的夜晚，都是這隻橘貓陪伴他度過的。有了橘貓的陪伴，黑暗中那些影影綽綽變得不那麼嚇人，下雨天的雷鳴閃電也不那麼可怕。

更難得的是，這隻橘貓通人性，他難過時，橘貓會緩緩靠過來，趴在他身邊，有時候還會用爪子輕輕踩他、安慰他。一直以來，一觸碰到橘貓那柔軟的毛，他就感覺很溫暖。

這隻橘貓在他家裡生活了將近二十年，看著他上中學、上大學，看著他上班、成家立業，甚至在他太太懷孕了，希望家中暫時不要養寵物時，他都不捨得把橘貓送走。

認真傾聽，產生情感共鳴

吳總講故事時，我沒有隨意插話去打斷他的回憶。我拋棄所有事先準備好的話術和應對方案，壓抑著內心有些焦慮的情緒，全心全意傾聽著他的訴說，時不時點頭表示惋惜和遺憾。

「很少有橘貓能活這麼多年，牠是自然衰老的，走得很安詳，算是壽終正寢吧。」故事結束時，吳總嘆了一口氣，似乎釋放一些情緒、解開一些心結，「說起來，這隻橘貓教會了我很多事情，比如無論面對什麼境況都不要放棄，這世上總有某個人或動物用自己的方式支持、陪伴著你……。」說到最後，吳總甚至有些激動。

時間過得飛快，原本預計要進行一個半小時的會議，到這個時候已經持續兩個多小時了。

「這樣吧，我們從公司的儲備金裡撥出一部分款項，用於對你們的服務專案進行內部支援和推廣，與此同時，向公司下屬各區域、各部門推廣這個服務專案遇到的問題，由你們進行調整，沒問題吧？」吳總拿起公文資料夾，思考片刻後，主動這麼說。

這相當於給我們的專案增加一部分預算支援，真是意外之喜啊！

「太好了，太感謝您了！吳總。」

「不，」吳總擺擺手，「你應該感謝自己，你真是一位談話高手啊！」

我？談話高手？

我愣了愣，笑了。

其實在整個過程中，我幾乎沒有發言，只是做到認真傾聽，並及時給予情緒回饋，與他產生情感共鳴，讓他覺得被理解、被重視。

這，才是我在這段故事中，最重要的收穫！

附注

23 Dale Carnegie，美國著名人際關係學大師。

故事力公式21

認真傾聽，以故事建立情感

我瞭解你

我發現某件事／某個人／某一物件對你來說很重要

↓

我在關注你

所以，我很想知道這件事／這個人／這一物件與你的故事，也願意聽你訴說你的故事

↓

我理解你

聽了你的故事，我感同身受，並且和你有一樣的情緒（開心／遺憾／惋惜／憤怒等）

寫下你的故事

套用前文的公式，寫一篇自己透過認真傾聽、給予回饋、形成共鳴，最終與他人建立友情的故事。

第八章

讓故事有
更長的生命力

22 引發共鳴，讓故事渲染

吳嘉華

將自己的熱忱與經驗融入談話中，是打動人心的速效方法，也是必然要件。

——卡內基

契機，尋找他人眼中的我

二〇二二年八月，我接到「闖入計畫」製作單位邀請，拍攝國內首部保險從業者觀察式系列紀錄片。接到邀請後，經過初步溝通，我十分興奮、期待，因為這個節目充滿未知，而未知才有驚喜的可能。

經過瞭解，因為是觀察式系列紀錄片，節目全程沒有劇本，不會提前透露任何可能涉及的問題，全由主持人根據現場情況提出問題、控制節奏，追求的是極致的真實，包括潛意識的反應、不假思索的回答、不期而遇的情節……。

沒有編寫劇本的不確定性，讓我得到多角度瞭解自己的機會。搭檔眼中的我、家人眼中的我、朋友眼中的我、客戶眼中的我……，分別是什麼樣的呢？這讓我既期待，又好奇。

這個節目的錄製一共有十個場景，攝影機全程跟拍。十個場景中，讓我印象最深刻的是我的中學校園，因為在那裡，我回憶起自己性格發生重大轉變的歷程，當時的拍攝效果極佳，節目主持人和嘉賓都被帶入了我的情緒，感受到強烈共鳴。

那一場景的嘉賓，是一位與我頗有淵源的學姊。

那位學姊的名字和我一樣，都叫「嘉華」。

嘉華學姊比我大一屆，在我剛剛升上高一時我們就認識了。這麼多年來，雖然我們的溝通、互動不算多，但在僅有幾次的見面過程中，我們每次都聊得很投緣，嘉華學姊總是說：「很奇怪，每次和你聊天，我都能感覺到很多積極的能量，這種感覺非常好……」

十多年過去了，嘉華學姊一直看著我努力、奮鬥、成長，並在我轉入保險業後成為我非常重要的客戶之一，每個月都會相約吃一頓飯，聊聊天，相互勉勵成長。

這次，節目編導問我想邀請誰來當嘉賓時，我第一時間想到了她！

我真的很好奇，在一路陪我成長的嘉華學姊眼裡，我究竟是什麼樣子？這些年來，我有變化嗎？如果有的話，她覺得這些變化是好或壞呢？這些問題，我從未開口問過。

開拍當天，嘉華學姊很緊張，表示第一次面對鏡頭，非常害怕自己說錯話，我故作輕鬆的說：「別怕，我就是要看你最真實的反應，聽你說最真實的話！這麼多年，難得有機會讓你在鏡頭前『吐槽』我，一定要好好把握！」

我幽默的話語緩解了學姊的緊張情緒，但是話音剛落，我反而不由自主緊張起來，猜測著：「學姊會說些什麼呢？她眼中的我，和我眼中的自己是不是一樣呢？」

遇見，過往青澀無比的自己

校園場景錄製當天，節目主持人帶著嘉華學姊和我一起走在校園裡。看著學弟們在身旁的足球場上奔跑，我好像瞬間回到學生時代，周身熱血沸騰，回憶起青春歲月的種種趣事。

正走神時，我聽到節目主持人開口：「學姊，從學生時代起，你就認識嘉華，看著嘉華一路成長與發展。如今，他長成現在的模樣，有想法、有創意、有感染力，和學生時代的他一樣嗎？還是有了很大轉變？」

我瞬間回神，專注期待著嘉華學姊的回答。

嘉華學姊笑了笑，帶著一臉不可思議的表情回答道：「不一樣，完全不一樣！學生時代，嘉華的成績不錯，但是沒有達到學霸等級，也就是成績沒有好到人盡皆知的程度，平時也不是活躍份子，沒有參加學校裡的社團組織，總之，就是沒有太多同學認識他，哈哈！所以，他現在能夠有如此性格、能力和成就，我真的很驚訝，我也想問問他，為什麼會有這麼大的突破和轉變？」

我腦海中浮現那些年自己青澀的模樣，心中立刻湧上許多話語，不吐不快。

回憶轉變的心路歷程

正如嘉華學姊所說，學生時代的我挺害羞的，不太自信，也不太喜歡登上舞臺表現自己，那時我覺得默默付出、好好配合其他人是最舒服的狀態。

反觀現在的我，不僅享受舞臺、熱愛分享，還擁有強大自信，相信自己具備足夠能力可以解決遇到的各種問題。此外，我還喜歡上了溝通、互動、結交新朋友，簡直像變了一個人，這是什麼原因呢？

我思考了一下，說：「我覺得有一點很關鍵，就是做事情的目的不同了。以前的我，無論做什麼事情，目的都是不想看到別人失望的眼神，很想成為別人眼中『更好的嘉華』。比如，我努力讀書，考出好成績，是想讓父母和別人聊起孩子的成績時，能夠感到驕傲；我從不拒絕別人提出的要求，是想讓別人覺得我很友善、很好相處；遇到好的機會，我從不主動爭取，是不想讓別人覺得我很愛出鋒頭，進而疏遠我。

「隨著年齡增長，我愈來愈覺得這樣下去不行，這樣的處事方式讓我覺得自己一直活在別人的世界裡，愈來愈找不到自己。而且，我的交友機會、事業機會並沒有因為這種做法變得更好，恰恰相反，那些我以為的『好友』、千載難逢的事業機會，一個接一個流失。

「終於，『我要做自己！我要為自己而活！』的聲音在我的內心響起、迸發，最終化為實際行動。我開始改變自己的處事方式，接受自己的『不完美』與『平庸』，接受事物需要在實踐中不斷優化，同時接受很多以前自己不願意接受的東西，變得愈來愈放得開，愈來愈怡然自得。

「在愈來愈正視自己的過程中，我將更多關注焦點放在實踐與行動中，透過不斷嘗試，推出首套保險業視覺化展業工具，成立了保險業成交賦能平臺，成就了現在的自己。

「雖然現在的我離成功還有很長一段距離，但已經比曾經的我勇敢太多，我真的很感謝自己當年大膽做出改變，跨出關鍵的一步！

「經過這些年的成長，我認識到，活在別人的戲裡，永遠是配角，只有活在自己的戲裡，才能成為真正的主角。正如『闖入計畫』節目的宣傳語『努力的你，應該被看見』一樣，我們要活出自己，成為自己人生的主角！」

聽完我的講述，學姊滿眼瞭然，主持人也似有所感觸，或許，我的心路歷程配上青春校園的環境，讓他們也想起自己年少的熱血和為了尋找自己而付出過的努力。

大千世界，千人千面，每個人都有不同的際遇與經歷。人與人之間，最難得的是一瞬的理解和共鳴，最暖心的是一句「我懂你那個時候的心情」。

故事力公式 22

找到共鳴，渲染情緒

用心感受，觀察身邊的人／事／物

↓

找尋記憶，回想過往，
整理自己的成長經驗與生活醒悟

↓

找到與聽眾有交集的共鳴之處，誘發思考

↓

渲染情緒，用故事表現深層的思維

↓

昇華主題，提高故事的生命力

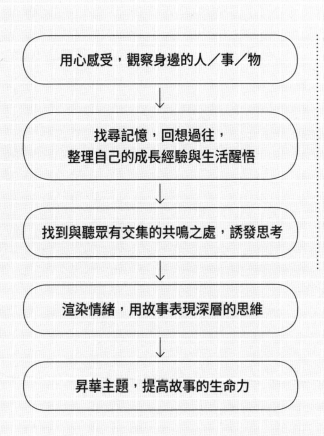

寫下你的故事

套用前文的公式，寫一篇用實際經歷引發聽眾共鳴的故事。

23 多角度論述，積極強化情感

趙俊雅

你有什麼故事？你的故事很有趣嗎？
你可能會把故事講得生動有趣，也可能會把故事講得枯燥乏味。
如果有人花九十分鐘和你聊天，
你卻無法總結出他到底在講什麼，那他就失敗了。
天馬行空的隨意聊遠遠不夠。

——西蒙．哈滕斯通[24]

記得那些愛

「有沒有那麼一位親人，你很想抱抱她，但再也抱不到了？」

我有，那是我最親愛的外婆。

記憶中，我從小就被外婆疼愛著。我和外婆生活在不同的城市，讀書時，每到寒暑假，我都會回外婆家，陪她住一段時間。

每次回去，外婆不僅會精心準備各種我喜歡吃的菜餚、帶我四處遊玩，還會買很多驚喜小禮物讓我帶回家。我還記得，小時候最愛的粉紅色毛衣，是外婆熬夜一針一線織的，那是我收過最溫暖的禮物。

外婆對我的好，我一直牢記在心，想著長大後，一定要全力回報！

十八歲那年夏天我回外婆家時，見到許久未剪髮的外婆，她銀白色的頭髮已長至肩膀。見我來了，外婆笑著說：「雅，幫我剪頭髮吧！」我笨拙的拿起剪刀，第一次為外婆剪頭髮。

剪著剪著，看著外婆熟悉的身影，我心裡一暖，突然從背後抱住她，撒嬌道：「外婆，你最近長胖了喔，看，脖子後面都有肉肉啦！」抱著、笑著、彼此溫暖著，那一刻，真的溫馨極了。

那天，雖然第一次嘗試剪髮的我將外婆的頭髮剪得參差不齊，但外婆還是慈祥的笑著說：「雅，這是我最喜歡的髮型，剪得真好！」胖乎乎的外婆頂著有些怪異的髮型，可愛極了。

愛要及時

後來我畢業進入了職場，因為工作忙碌，漸漸的，我一年只回去見外婆一次。每次看到外婆，我都會發現她臉上的皺紋又多了些，行動又慢了些。那時我初入職場收入有限，每次回去只能簡單帶點外婆喜歡吃的糕點，再塞幾百元零用錢給她，買不起太好的禮物。

一次又一次，我在心裡默唸：「我必須再努力一點，下次回來，要給外婆帶更好的禮物！」但世界上最遺憾的事，是子欲養而親不待。

有一天，媽媽接到舅舅的電話：「媽（指我外婆）突然被確診癌症末期，最多只有一個月的時間了，你們快回來看看吧！」得知這一消息，我立刻請假，與父母一同趕了回去。

在醫院，我見到外婆，還不知道真實病情的她正在打點滴。看到我來了，外婆硬是挺直了身體，用滿是皺紋的手牽著我，虛弱卻清晰的說：「雅，好好工作，外婆的身體沒事。你呀，快找個優秀的男朋友，帶回來給外婆看看。」

我勉強微笑，連連點頭，心裡卻在默默流淚，不停的祈禱著：「外婆，你一定會沒事的！你一定會很快好起來！」

因為工作繁忙，次日需要出差的我必須當天趕回工作地。誰能想到，這竟是我和外婆的最後一次見面。

十多天後，我出差結束，回到家裡，想著再去看看外婆，沒想到媽媽說：「雅，外婆已經走了，後事也辦好了。你在外面忙著工作，我們怕影響你，就沒即時通知你。」當下，我的心像炸裂了，眼淚奪眶而出，狂流不止。

緊接著，腦海中閃過無數與外婆共處的溫馨畫面，外婆柔軟且溫暖的手、外婆笑起來時眼角一條條的魚尾紋、外婆細滑的花衣裳、外婆那頭銀髮白絲、外婆最擅長的紅燒排骨……，往後，這一切再也摸不到、看不見、吃不著了！

我最愛的外婆，永遠離開了我！

那一刻，我真的好恨自己！恨自己因為工作，沒來得及陪外婆走完她生命的最後一程。如果時間可以重來，我必定會更加珍惜與外婆共處的時間，會擠出更多的時間與精力去孝順她、陪伴她。可是，時光匆匆，一去不復返，就如外婆一樣，走了就不會再回來。

有時候，一轉身，就是一輩子。

珍惜當下的愛

如今，想起外婆，我還是會淚流滿面，太多真心話還未來得及說出口，太多遺憾已無法彌補。

很多事沒有來日方長，很多人只會乍然離場。

外婆離世帶給我的感觸很大，甚至改變我的職涯發展。我一度認為，努力工作、多賺錢、買很多禮物，是回報親人最好的方式。但我錯了。其實，真正把彼此放在心上的親人根本不在乎你給多少錢、多少禮物，只在乎你是否開心、幸福。對他們來說，你是他們的寶貝！能見到你，就是最幸福的事。

如今，我已經不會像從前那樣瘋狂工作、加班、出差，回家看到日益年邁的父母，都會輕輕抱抱他們，溫柔的說一聲：「爸爸媽媽，女兒回來了！」

人生在世，很多人、事、物，一旦錯過了，就再也無法重來。

我們能做的，只有活在當下，立即行動，說想說的話、做想做的事、走想走的路、見想見的人，用最真摯的心，向最珍惜的人及時表達愛！

別總是等到失去才說愛，那樣的表達太蒼白，不如趁著現在，大聲說出心中想法，用行動表達愛，因為，遠處的是風景，近處的才是人生。

珍惜當下，把握未來，與君共勉。

附注

24　Simon Hattenstone，英國《衛報》（*The Guardian*）記者、專欄作家。

故事力公式23

強化情感，堆疊情緒

進入故事

曾經有一件事／一個人，令人激動的快樂的／痛苦的／氣憤的……

↓

渲染情緒

因為這件事／這個人，擁有了難忘／溫馨／快樂／感動／焦慮……的時光

↓

設置轉折／高潮，加強情感

隨著時間的流逝，這件事／這個人發生了好／不好的變化

↓

強化論述

在變化過程中，發生了新的故事

↓

抵達情緒高潮，獲得醒悟

透過多角度回憶、論述，昇華故事主題

寫下你的故事

套用前文的公式，寫一篇透過多角度論述，將所要表達的情感強化得淋漓盡致的故事。

24 堅守本心，傳達價值觀

曾瀛葶

古之立大事者，
不惟有超世之才，
亦必有堅忍不拔之志。

——蘇軾，《晁錯論》

遇到職場貴人

初入職場時，我曾遇到一位很棒的主管陳姊，雖然我跟隨她工作的時間只有短短兩年，並不長，但我離職時她對我說起她的經歷，影響了我此後近二十年的職場生涯。

如今，每當我面對抉擇、誘惑時，總會不由自主想起她，因為她是我的貴人，是我生命中重要的職場啟蒙者之一。

記得那次離職時，陳姊為我餞行，給了我許多期許和建議。我得到這些經過時間與經歷驗證的寶貴錦囊，既驚喜，又感激，猶豫再三，坦誠的對她講述我在工作過程中產生的疑慮。有一段時間，我總是覺得我們部門在與公司其他部門進行事務推進和合作時，溝通狀況不太正常，阻力很大，效率很低。

陳姊見我敞開了心扉，也打開話匣子，說了一個鮮為人知的故事。

一路堅守本心

陳姊管理的是公司中國大陸區業務，我們部門最高主管是公司亞太區業務的主管，也就是陳姊的頂頭上司。

在一次選擇重要專案合作夥伴的過程中，陳姊和亞太區主管產生了分歧。

亞太區主管希望選用亞太夥伴在中國大陸的分公司，因為互相瞭解、溝通順暢、合作風險低，萬一失敗，他需要承擔的責任相對較少。

而陳姊長期研究國內市場，對本土企業更為瞭解，認為它們在資源整合、工作方式、市場滲透策略等方面更適合這個專案，要拓展國內市場，最好走本土化路線，與本土企業合作。

此外，陳姊還明確指出，就算按照亞太區主管的意見，選擇亞太夥伴的中國大陸分公司進行合作，也應該要按照規定，將這個合作夥伴視為國內市場的新夥伴，按照流程逐步評估、定級、升級，而不是一開始就讓對方享受頂級合作夥伴的待遇。

她的堅定態度和有話直說讓亞太區主管感到很棘手，要知道，這個重要專案涉及巨大金額，油水非常豐厚，陳姊此舉影響了很多人的利益，也擋了不少人的財路。

陳姊左右為難，在前期討論中已經覺得身心俱疲。

以她的資歷和績效成績，只要退讓一步，就會獲得嘉獎，甚至有可能因此晉升，前程大好，但如果她堅持自己的觀點，執意選擇本土企業做合作夥伴，或者對亞太區主管指定的合作夥伴進行層層考核，就會和自己的頂頭上司形成對立狀態，對自己的職涯發展十分不利。

這份工作資歷對她的職涯爬升非常重要，她面對著「堅持本心」與「妥協退讓」兩難的局面。

「長久以來，我一直堅持 do right thing on right way（在正確的道路上做正確的事），其中最重要的，是堅持做正確的事。如果可以，要用最高效率、最完美的方法做正確的事，如果不能保證高效率與完美，也要保證所做的事是正確的。」她說。因此，思前想後，她決定堅持自己的觀點，堅持本心。

接下來的日子有多麼艱難，可想而知。這段期間也就是我覺得與其他部門同事溝通狀況不太正常的那段期間。

亞太區主管對陳姊的態度，從信任到干預，從干預到針對，從針對到打壓，幾乎所有工作都憑空加了一層審核流程。

本來陳姊擁有中國大陸區工作事務的決策權，後來被要求事無巨細皆上報至亞太總部審核，甚至非常小的辦公文具請領事宜，也必須經過相同的程序。加了這層審核流程，雖然有「官方解釋」和文件，但做為中國大陸區的業務負責人，陳姊沒有負面情緒是不可能的。

白天，辦公室裡的她佯裝沒事，照樣殺伐果斷，晚上，回到家的她輾轉反側，頻繁失眠。精神壓力和工作雙重夾擊，又沒有好好休息，在這樣的情況下，她甚至得了輕度憂鬱症。

這是她第一次遇到這樣的情況，是不是應該妥協？是不是應該讓步？她無數次猶豫、彷徨，但最終，她還是選擇不忘初心，堅持自己的觀點。

這個堅持很不容易，上級主管的態度和傾向，合作部門的人多少會看出些端倪，這讓陳姊威信驟降，同時成了職場八卦的主角，甚至傳言四起，說她很快就會被炒魷魚。

陳姊一向是很有魄力和開創能力的主管，過去，為了推進專案、優化流程、修改提案，不免言語犀利，給合作部門的感覺常常是劍拔弩張的。雖然客觀的說，她所做的所有事都是對事不對人，但難免得罪人。

在這種情況下，與她有私人恩怨的同事，乘機落井下石，不配合工作。願意保持中立的同事，開始擔心陳姊做的決策是否有效，不敢放手與她對接工作。

而陳姊的下屬，因為缺少足夠有力的支援，推進工作的難度驟增。這些障礙，讓每一件常態工作都成了她的工作阻礙，不僅增加不少溝通成本，還總是需要她想各種辦法與各方鬥智、鬥勇、鬥情商。

種種原因，導致我感覺到與其他部門同事溝通狀況「不太正常」，但這些委屈，她都自己嚥了下去。

陳姊就這樣一直堅持著，一段時間後，因為凝聚心力在異常忙碌的工作中，反而漸漸沒了胡思亂想的精力，憂鬱症不治而癒，業績也穩定達成。

終於有一天，亞太區主管突然被裁撤，大家得知，亞太區主管的決策給其他國家的業務造成不良影響，引發糾紛，因此被追究責任。在後續調查過程中，公司發現只有陳姊做為中國大陸區業務負責人執行了正確的工作方向，毫無差錯，便讓她升職，接管了大團隊。

正直永不被辜負

陳姊的故事，深深影響了我很多年。在今後的很多年中，每當面臨選擇，我都會想到她，模仿她，走正確的路，堅定自己的方向。

而追隨她、學習她的結果往往能夠證明我的選擇的正確性，哪怕有時候看起來會犧牲一些個人利益，但是長遠來看，我始終擁有著保證自己長久生存、發展的立身之本。

種種經歷，讓我更加堅信，一定要堅守正直、保持正確、剛正不阿，因為世界是公平的，正直的人不吃虧，保持初心，必有回報！

故事力公式 24

走一條不好走的路

確定主題，奠定價值觀

確定故事主題，闡述主角的初心／價值觀

↓

設置衝突或挑戰

在故事推進過程中，遇到挑戰主角初心／價值觀的衝突

↓

描寫矛盾，輾轉反側

在直接面對衝突的過程中，正視負面情緒和徬徨無措

↓

堅定初心，彰顯價值觀

幾經糾結，依然不忘初心，展現價值觀的重要性

↓

昇華主題，擴大影響

回憶堅持初心的過程中獲得的醒悟，昇華故事主題

寫下你的故事

套用前文的公式，寫一篇因為始終堅持走不好走的路，最終獲益良多的故事。

附錄

二十四個公式
寫出打動人心的故事

1 沒有靈感時，先放空自己

放空最關鍵的意義是把關注焦點放到日常生活中，感受身邊的點滴小事，因此獲得更多意外而來的靈感。

這種狀態，可以幫助寫作更流暢。

放空自己後，思路打開了，寫出一篇富有真情實感的文章自然不在話下。

2 大量輸入，觸發靈感

有一種「Yes」，源於已準備就緒。

還有一種「Yes」，是因為還沒準備好！

其實，每個人身上都有無數專屬於自己的故事，所謂「不會講故事」，只是缺乏刺激和觸發。

找不到想寫的內容時，先去閱讀吧！也許就與好故事不期而遇了。

3 全盤思考，把事件寫成故事

藉著經歷所帶來的啟發，進行系統性的全盤思考後，才能有所成長。學會全盤思考，我們的經歷才能成為故事，成為引導我們前行的力量。

4 關注生活，找到容易引發共鳴的經驗

有一種知道，叫我覺得爸爸知道。其實，很多家庭問題都源於「自以為」、源於「我覺得」。

多一點關注，就會發現看似親近的人身上，還有很多我們所「不知道」的事情。多一點「關注」吧！值得你關注的人、事、物，其實一直在那裡。

5 價值觀受到衝擊，最終維持初心

在茫茫人生旅途，每次相遇都是一個故事；每個故事，都是人生不可或缺

的組成部分。

我們要感謝每次相遇，在豐沛的生活中，捕捉精采的人生故事元素。

它們可能藏在愛情中，也可能藏在友情或親情中，只要你用心，你就是人生故事的主角！

6 敘寫挫折或驚喜，構築故事

每個人的每一天、每一刻都在創造故事。珍惜生活的每個瞬間，珍惜這一個「故事寶庫」。請相信，每件事的結局都是好的，都是有收穫的，如果不是，那一定是還沒到該寫下結局的時候！

7 先確定要講什麼

確定要「講什麼」的關鍵，在於確定想傳達怎樣的價值觀，很多人對於「寫故事」都會反覆躊躇，不知該從何下手。

但其實每個精采的故事，都來自平淡無奇的生活，串起無數個起眼或不起眼的「有感片刻」，便能梳理出一條條故事主線。

8 先確定要講給誰聽

誰在聽故事，是影響故事內容的重要因素。

故事不僅需要講出來，還需要被聽懂，所以找到「講故事的人」、「聽故事的人」和「故事中的人」的共通之處，引發共鳴，才能夠打造讓人感同身受、記憶深刻的好故事。

9 先確定講故事的目的

我認為，在寫作過程中，結構最重要。你可能會想到一個奇妙的情節，但是你必須知道如何建構這個情節、如何引導，否則再好的情節也無法發揮充分影響力。

——貝蘿・班布里奇

10 循序漸進，完善故事

我發現人與人的溝通有百分之九十五的時間被用來解決我有沒有說清楚、你能不能聽懂的問題，所以，把故事講得清晰，是提升故事力的關鍵。

講故事的時候不要急，講得清晰、能被聽懂，就不失為一個好故事。

11 善用懸念與轉折，提升精采指數

當你在看這部電影時，隨著情節的推進，腦海裡只有兩句話，一句話是「不是吧？」，另一句話是「然後呢？」，這部電影就可以說是一部成功的電影。

其實，對於寫故事來說也是這樣，只有時時刻刻讓讀者保持著向下探尋的好奇心，才能稱為一個好故事。

保持懸念，故事的精采指數頓時飆升！

12 敘寫信念，引發同理心

同理心是一種與生俱來的力量，從祖先那裡傳承下來，並且賦予我們生活的能量、方向和目的。

——《同理心的力量》

13 預想場景，講最適合的話

每個人都有情緒，當情緒突然湧來時，保持冷靜很不容易。如果能夠在不冷靜時強迫自己進行理智思考，預想不冷靜將帶給自己哪些影響，或許就可以找到當下最適合的情緒、說出最適合的話。

三思而後行，提前想像可能面對的場景，不要等到已經造成實際後果再去後悔和彌補，你的故事將更加完美！

14 隨機應變，掌控氣氛

講故事時有一件重要的事就是調整。

在調整的過程中，你會發現故事的哪一部分起作用，哪一部分需要潤色，哪一部分應該捨棄，這會讓你的故事更受歡迎，也讓你的故事更有趣。

——查理．考夫曼

15 時時檢討，逐漸進步

每個人都有自己的舒適區，我們不一定要「跳出舒適區」，但一定要有不斷擴大舒適區的勇氣。時間和努力，能夠幫助我們擁有數不盡的驚喜，從一開始的驚慌失措，到後來的冷靜從容，只要不斷挑戰自己，我們都可以變得愈來愈強大！

16 勇於改變，突破瓶頸

挺胸、抬頭、氣沉丹田、放大聲音、控制語速，清楚說出每一個字。

其實，有時候，做出改變並不需要破釜沉舟的決絕，只要留意你的音量、語調，就能改變發言或講故事時的狀態和聽者的感受，讓說出去的話，獲得更好的效果。

17 關照情緒，賦予正能量

時刻保持正能量是不切實的，因為人都有失落的時候，但是，百轉千迴後，我們仍然可以選擇樂觀、自信，那才是更穩定的正能量，那個力量是無窮的、無敵的。

18 融入肢體語言，提高故事感染力

有感染力的肢體語言源於真實情緒，在生活、工作中，肢體語言大多是在說話過程自然出現，使得傳遞的資訊更具說服力。

而且，肢體語言更具互動感，能夠透過眼神、手勢、行動等多方面讓聽眾獲得即時回饋，產生更強大的共鳴。

19 故事幾經轉折，出現意外結局

偏見很可怕，當被固有的偏見或成見占據內心時，我們很難客觀判斷事情真相，要提醒自己，時刻避免偏見、成見帶來的負面影響，回歸事件本身。這

樣的故事，或許更加真實，也更加圓滿。

20 喚起同理，開創新局

與其責怪對方的不理解，不如主動創造同理的機會。

主動表達自己的看法、說明自己的情況，給對方「同理」的機會，更能達成一致。

學會創造同理的機會，學會拒絕虛偽、拒絕憎恨、拒絕膚淺、拒絕瑣事，讓生活更純粹、人際交往更自在、故事也更精采！

21 認真傾聽，以故事建立情感

認真傾聽，並及時給予情緒回饋，與對方產生情感共鳴，讓他覺得被理解、被重視。

22 找到共鳴，渲染情緒

大千世界，千人千面，每個人都有不同的際遇與經歷。

人與人之間，最難得的是一瞬的理解和共鳴，最暖心的是一句「我懂你那個時候的心情」。

23 強化情感，堆疊情緒

人生最遺憾的事，就是太多真心話還未來得及說出口，而太多遺憾已經無法彌補。

活在當下，立即行動，說想說的話、做想做的事、走想走的路、見想見的人，用最真摯的心，向最珍惜的人及時表達愛！

趁著現在，大聲說出心中想法，用行動表達愛，因為，遠處的是風景，近處的才是人生。

24 走一條不好走的路

當面臨選擇，要能走正確的路，堅定自己的方向。

哪怕有時候看起來會犧牲一些個人利益，但是長遠來看，會始終擁有著保證自己長久生存、發展的立身之本。

一定要堅守正直、保持正確、剛正不阿，因為世界是公平的，正直的人不吃虧，保持初心，必有回報！

寫下你的故事

套用全書任何一個公式，寫下你的獨家故事。

國家圖書館出版品預行編目（CIP）資料

爆文故事力：3步驟、24公式，打造有效溝通、贏得關注的非凡表達力／李海峰, 曾瀛葶, 吳嘉華編著. -- 第一版. -- 臺北市：遠見天下文化出版股份有限公司, 2023.10
面； 公分. -- (工作生活 ; BWL098)
ISBN 978-626-355-400-9 (平裝)

1.CST: 寫作法

811.1 112014008

工作生活 BWL098

爆文故事力

3步驟、24公式
打造有效溝通、贏得關注的非凡表達力

編著者 ── 李海峰、曾瀛葶、吳嘉華

總編輯 ── 吳佩穎
人文館資深總監 ── 楊郁慧
責任編輯 ── 許景理
美術設計 ── 鄒佳幗
內頁排版 ── 蔚藍鯨（特約）

出版者 ── 遠見天下文化出版股份有限公司
創辦人 ── 高希均、王力行
遠見・天下文化 事業群榮譽董事長 ── 高希均
遠見・天下文化 事業群董事長 ── 王力行
天下文化社長 ── 林天來
國際事務開發部兼版權中心總監 ── 潘欣
法律顧問 ── 理律法律事務所陳長文律師
著作權顧問 ── 魏啓翔律師
社址 ── 臺北市104松江路93巷1號
讀者服務專線 ── 02-2662-0012｜傳真 ── 02-2662-0007；02-2662-0009
電子郵件信箱 ── cwpc@cwgv.com.tw
直接郵撥帳號 ── 1326703-6　遠見天下文化出版股份有限公司

製版廠 ── 中原造像股份有限公司
印刷廠 ── 中原造像股份有限公司
裝訂廠 ── 中原造像股份有限公司
登記證 ── 局版臺業字第2517號
總經銷 ── 大和書報圖書股份有限公司｜電話 ── 02-8990-2588
出版日期 ── 2023年10月31日第一版第一次印行

原著作品：爆款故事力：24個神奇故事公式
編著者：李海峰、曾瀛葶、吳嘉華

定價 ── NT 400 元
ISBN ── 978-626-355-400-9｜EISBN ── 9786263554061 (PDF)；9786263554054 (EPUB)
書號 ── BWL 098
天下文化官網 ── bookzone.cwgv.com.tw